KB075016

간세의 삶을 그리다

간세의 삶을 그리다

신정호 산문집

소울앤북

| 작가의 말 |

'간세'는 제주도 사투리로, '게으름'이라는 뜻이다. 올레의 주요 길목마다 하늘색 옷을 입고 서서 올레꾼들의 발길을 안내하는 말의 형상을 지칭하기도 한다.

우리 집에도 텍사스(Texas) 안장 위에 아기를 업고 있는 어미 간세가 있다. 지나는 사람들을 반갑게 맞이하거나 여행에 지친 나비들의 쉼터가 되어준다. 나는 이곳 낯선 섬에서 간세의 삶을 하나씩 그려 나가기로 마음먹었다.

누구나 자신이 밟아온 삶에서 벗어나는 일은 결코 쉽지 않다. 내가 만든 경험의 울타리가 나를 가두려 하고 미래의 불확실성이 발걸음을 더디게 한다. 나는 이것저것 따지지 않고 물과 인심이 좋다는 한림으로 내려왔다. 태양이 뜨겁게 솟아오르는 아침의 풍광보다 우아하게 저무는 저녁이 더 아름다운 곳이다.

새로운 고향을 만든다는 설렘 하나로 좌충우돌하면서 하루하루를 이어왔다. 여럿이 힘을 합쳐야 빛을 낼 수 있고, 빈틈없는 일 처리를 인생의 최고 가치로 여겨왔던 지난날의 방식은 별 도움이 되지 못했다. 이곳 생활에 어느 정도 익숙해질 무렵에서야 트멍(틈새)이 주는 삶의 풍요가 얼마나 소중한지 깨닫게 되었다.

지난 3년간은 낯선 이방인의 서투른 삶 그 자체였다. 하나부터 열까지 처음 해보거나 직접 부딪치는 일이었다. 가족과 이웃의 소중함을 몸과 마음으로 느끼고, 세상과의 가느다란 끈을 통해 외로움을 달래며, 철 따라 올레나 오름을 다니면서 자연에 순응하는 법을 익혔다. 이제야 뼛속까지 군인이었던 30여 년의 흔적들이 하나둘 지워지기 시작했다.

코로나가 물러가고 그동안 멈추어 있던 낯익은 세상이 숨 가쁘게 다가오고 있다. 이곳 시골 마을도 예외일 수 없다.

몇몇 이웃이 떠나고 그 자리에는 새로운 이웃들로 채워졌다. 어린아이들이 몰라보게 어른스러워졌고, 길 건너 어르신들도 하던 일을 내려놓기 시작했다.

올레의 갈림길에서 바른길로 인도하는 간세처럼 누군가는 중심을 잡고 나아갈 방향을 가리켜야 한다. 가끔은 게으름을 주저하지 않으면서 세상에 선한 영향을 미치는 삶이다. 가정의 손길을 나누고, 이웃과 마음길을 이어가며, 세상과 물길을 트고, 자연의 바람길을 따라가는 일이다.

많은 분의 따뜻한 관심에 힘입어 『트멍에 살어리랏다』에 이어 두 번째 졸저를 세상에 내놓게 되었다. 이를 흔쾌히 출간해준 도서출판 소울앤북 이용헌 주간님께 거듭 감사 인사를 드린다. 아울러 아랫동네 사시는 어르신의 세심한 배려와 편집인 출신이자 오랜 벗의 진심 어린 고견에 감사의 마음을 전한다.

'장군님'을 항상 걱정해주는 동네 아이들, 긴 세월을 함께 걸어온 사랑하는 아내와 노아·준수의 응원이 큰 힘이 되었음을 거듭 밝힌다.

제주에서 새로운 삶을 시작하는 많은 분께 트멍의 행복과 더불어 간세의 여유로운 삶이 함께하길 바란다.

2022년 가을

신정호(예비역 해군 제독)

| 치례 |

이웃의 마음길

자연의 바람길

가정의 손길

부부의 손길

이른 아침 비바람이 잦아든 틈을 타서 치자나무 몇 그루를 다른 곳으로 옮겨 심었다. 그동안 바람 불 때마다 안방 벽을 긁어대는 소리가 귀에 거슬렸고, 심은 지 두 해를 넘겼어도 꽃 한번 제대로 피우지 못했다. 굳이 일찍부터 부산을 떤 것은 오늘 코로나 백신 주사를 맞으면 당분간 이 일을 미루어야 할지 몰라서였다.

아내와 나는 마음을 가다듬은 후 일찌감치 읍내에 있는 병원으로 갔다. 비슷한 연령대의 사람들이 처음 백신을 맞는 날이라 그런지 예약된 시간보다 일찍 도착한 듯했다. 외국인도 있어 그들과 같은 처지인 아들 녀석이 생각났다. 그 나라는 온통 올림픽으로 정신이 없을 터인데 외국인을 잘 챙겨줄지 마음속으로 걱정이 되었다.

국가에서 정해놓은 절차에 따라 문진표를 작성하고 혈압

까지 측정했다. 한 부인은 혈압이 높아 한참을 기다린 후에야 일을 볼 수 있었다. 백신도 건강해야 맞을 수 있는 모양이다. 둘이 함께 들어가 젊어 보이는 원장님으로부터 답이 뻔한 질문을 주고받은 후 백신을 맞았다. 다른 때 같으면 집을 나설 때부터 주사가 얼마나 아픈지 여러 번 물어보았을 아내가 오늘은 흐뭇한 표정으로 일을 마무리했다.

갑자기 생길지 모르는 심각한 상황에 대비해서 잠시 기다리다가 다음 접종 날짜를 확인한 후 병원 문을 나섰다. 인터넷에 돌아다니는 각종 무용담 수준의 접종 후기가 떠올라 약국에 들러 해열진통제 한 통을 챙겼다. 모처럼 쉬고 있는데 길 건너 과수원집 사모님으로부터 수박과 호박을 가져가라는 연락이 왔다. 보통 때 같으면 나 혼자 가는데 오늘은 한쪽 팔을 못 쓰니 둘이 가서 어정쩡한 모습으로 들고 왔다.

나는 10여 년 전 큰 배에 근무할 때 바이러스의 공포를 직접 경험한 적이 있다. 그런데도 시골에 살다 보니 코로나가 얼마나 무서운지 그 감각이 무디어졌던 것도 사실이다. 요즘 들어 몇몇 이웃이 확진 판정을 받았다거나, 자가격리를 했다는 이야기를 듣곤 한다. 악마의 그림자가 가까이 와 있는 것이다. 우리 부부는 늦은 밤까지 병원에서 일러준 주의사항을 펼쳐놓고 서로의 이마를 번갈아 만져가며 모처럼 따뜻한 손길을 느꼈다.

장미 사랑

입추, 말복을 지나 더위가 그친다는 처서를 눈앞에 두고 있다. 장마처럼 많은 비가 며칠을 내리더니 들판의 풀들은 오히려 더욱 짙어졌다. 이 틈에 덩굴장미도 낮은 담장을 따라 이리저리 손을 뻗고 있었다. 빗줄기가 멎자마자 밖으로 나가 헝클어진 장미 가지를 가지런히 정리하기 시작했다. 다행히 집안에 못 쓰는 낚싯대가 있어서 철사 고리를 연결한 후 갈고랑 막대기로 사용하였다. 우리 집 장미는 많은 사람의 관심을 독차지하고 있는 꽃나무 중의 하나다.

집에는 두 종류의 장미가 있다. 하나는 사계 장미로, 세 그루가 정주석 바로 옆에 서서 빨강, 노랑, 분홍 꽃을 경쟁하듯이 피우고 있다. 물을 워낙 좋아하다 보니 언제나 돌할멍이 메고 있는 물허벅을 바라보고 있다. 정낭에 엉덩이를 걸치고 앉으면 다리 사이로 예쁜 장미가 내려다보인다.

뒤뜰에는 덩굴장미 두 그루가 뻥 뚫린 담장의 틈새를 메꾸어가고 있다. 작년 봄 이웃집 장미에서 꺾꽂이한 것이다. 사실 한 그루는 절대로 거꾸로 심어서는 안 된다는 이웃 어르신의 말씀을 지키지 못하는 바람에 그 해 여름을 넘기지 못했다. 한 뼘도 안 되던 줄기에서 실뿌리를 내리고 새싹을 돋우더니 올봄부터 분홍색 꽃을 피우기 시작했다.

장미 하면 일반적으로 사랑과 우정을 떠올리게 한다. 우리 집에는 특히 분홍색 장미가 많다. 꽃말이 '사랑의 맹세, 행복한 사랑'이라 하니 언뜻 사랑의 처음과 끝을 의미하는 듯하다. 장미가 꽃을 피우기 시작하면서 정원의 물확에도 생기가 돌기 시작했다. 예쁜 장미꽃들이 서로 얼굴을 맞대고 물에 비친 하늘의 구름 위를 거닐고 있다.

우리 집 장미는 사계절에 걸쳐 행복한 사랑을 전하고 있다. 최근 앞뜰의 장미는 꽃을 솎아준 덕에 무거운 짐을 던 듯했고, 뒤뜰의 덩굴장미는 매서운 겨울바람을 몸으로 막아낼 준비를 마친 듯했다. 언제부턴가 집사람은 가위를 정원 돌담 옆에 갖다 놓았다. 마음에 들면 얼마든지 꽃을 잘라가라는 뜻이다. 이웃의 식탁이나 침실에도 우정과 사랑의 꽃이 시들지 않았으면 좋겠다.

국기 게양대

올 광복절에도 여느 해와 다르지 않게 태극기를 달았다. 온종일 언론에서는 '봉오동전투'와 '청산리전투'에서 일본군을 섬멸하였고, 대한독립군 총사령관을 역임한 고(故) 홍범도 장군의 귀환을 대대적으로 보도했다. 저녁 무렵 그분이 목숨보다 더 소중히 여겼던 태극기를 내리면서 나 자신이 참으로 한심하다는 생각이 들었다.

깃대에 달린 태극기를 통째로 들고 오다가 현관문에 부딪혔다. 힘없이 부서지는 황금색 깃봉은 존중받을 만큼의 문양도 재질도 아닌 낡은 플라스틱 조각에 불과했다. 국기도 일반 낚싯대보다 못한 깃대에 간신히 매달려 있는 모양이 안쓰러웠다. 총을 들고 태극기 앞에만 서면 두려울 게 없었던 지난 수십 년이 부끄럽게 느껴졌다.

군함은 국제사회에서 그 자격을 갖추려면 소속 국가를

나타내는 외부 표지, 즉 국기를 달아야 한다. 승조원들은 망망대해를 항해하면서 마스트 꼭대기에 휘날리는 국기를 바라보며 그리움을 애국심으로 달래곤 한다. 외국 항구에 정박이라도 하면 모두가 영광스러운 국가대표가 된다. 10여 년 전 중국 산둥반도의 큰 항구에서 '우리는 모두 국가대표다!'라고 일장 연설했던 기억이 아직 생생한 이유다.

나는 이참에 제대로 된 국기 게양대를 만들기로 마음먹었다. 사실 집에 있는 태극기는 언제 샀는지도 모를 정도로 오래되었다. 이곳에 와서는 〈전국노래자랑〉 볼 때 말고는 태극기 할아버지를 본 기억이 없다. 읍내에 나갈 때마다 주민센터에 들른다고 하면서도 매번 잊고 오기 일쑤다. 나 또한 국기 다는 날이 국군의 날로 아직 달포가 남았으니 급하지 않다고 생각하는 것이다.

국기봉과 국기꽂이는 '국가유공자의 집'에 걸맞게 직접 제작했다. 깃봉은 넓은 바다를 기억하는 작은 부이를, 깃대는 녹슬지 않는 철봉을, 국기꽂이는 제법 이름이 알려진 고급 낚싯대를 활용했다. 태극기가 제대로 펴질 수 있도록 깃봉이 한라산을 향하게 한 후 국기꽂이를 워싱턴야자나무에 단단히 고정했다.

이제야 우리 집에도 품격 있는 국기 게양대가 들어선 셈

이다. 다가오는 국군의 날에는 펄럭이는 태극기를 바라보며
가슴 한번 뭉클해지고 싶다.

삶의 그림자

가을장마에다 태풍 오마이스(OMAIS)까지 겹치는 바람에 많은 비가 내렸다. 평소에는 하루가 어떻게 지나가는지 모를 정도로 바쁜 편이었는데 궂은 날이 계속되다 보니 다소 지루해졌다. 여기다가 뭔 걱정거리가 그리 많이 생기는지 마음 한 구석에 어두운 그림자가 드리우기 시작했다.

이곳은 관광지라 가슴 설레는 일들이 많지만, 걱정거리도 만만찮다. 이런저런 계약 문제가 잘 마무리되지 않거나, 농촌의 각종 법을 따르는 데 애를 먹는다거나, 큰 태풍이 올라오는데 주방 모퉁이로부터 누런 물이 뚝뚝 떨어진다거나, 가까운 사람들이 아프기라도 하면 걱정이 이만저만이 아니다. 이 중에 뭐 하나 잘못되기라도 하면 당장 보따리를 싸야 할지도 모른다.

새로운 곳에 살림을 차리다 보면 마수걸이가 대부분이고

혼자서 일을 해결해야 하므로 사소한 일들도 크게 다가오기 마련이다. 거기다가 나처럼 직접 하는 일에 어설픈 사람은 처음부터 끝까지 걱정거리를 달고 다닐 수밖에 없다. 심지어 꼼꼼하게 일하는 것을 지상 최고의 가치로 여기다 보니 일어나지 않을 일까지도 걱정하게 된다.

이제 살 만하다는 생각이 드는데 걱정거리는 오히려 늘어나는 모양새다. 걱정은 속절없이 흘러가는 세월을 적절히 붙잡아주는 긍정적 기능도 있지만 해결될 때까지 여간 힘든 게 아니다. 요즘 같아서는 어둠의 긴 터널을 지나는 기분이다. 가을장마가 물러가는 즈음에 삶의 어두운 그림자도 하나둘 걷히고 설렘이 가득한 밝은 날들이 왔으면 좋겠다.

아버지의 소중한 유산

나는 평소 술을 즐기지 않지만, 막걸리만큼은 종종 마시는 편이다. 텃밭이나 정원 일을 마치고 들이켜는 제주 생막걸리 한 사발은 단연 압권이다. 장(腸)에 좋다고 해서 마시기도 하지만 잊을 수 없는 추억이 있기 때문이다. 어릴 적 막걸리 심부름은 내가 아버지를 즐겁게 해드릴 수 있는 유일한 일이었다. 나는 그 대가로 아버지로부터 이 세상에서 가장 소중한 유산을 물려받았다.

학교 가기 전부터 아버지가 돌아가실 때까지 대략 4년 정도 술 심부름을 한 듯하다. 주막은 내가 사는 마을과 제법 떨어진 방앗간 옆에 있었다. 돌아오는 길의 중간쯤에 이르면 주전자 주둥이에 입을 대고는 한두 모금 마시곤 했다. 여름에는 목을 축이고, 겨울에는 차가운 몸을 녹일 수 있었다. 이어서 신문지 마개로 다시 틀어막은 후 좁은 길을 신나게 달리는 과정이 뒤따랐다. 그래야만 주전자 뚜껑과 귓구멍으로 흘러내린 눈물 자국이 나만의 비밀을 지켜 주었기 때문이다.

적은 양이지만 자주 먹다 보니 주량이 늘었고 마침내 올 것이 오고야 말았다. 어느 날인가 내가 너무 많이 마셔버린 것이다. 주전자를 들고 뛰어서 해결될 일이 아니었다. 몸을 낮추고 우리 집 담장을 돌아 뒤뜰로 가서 펌프 물로 살짝 보충했다. 여느 때처럼 어머니는 고생했다면서 주전자의 얼룩을 행주로 말끔하게 훔치고는 방 안으로 들어가셨다.

잠시 후 아버지의 호출이 있었고 나는 술상 앞에 앉았다. “네가 술을 받아 왔느냐?”라는 질문이 떨어지기 무섭게 별이 번쩍했다. 사연도 모르는 채 “왜 아무 죄 없는 애를 잡느냐?”며 말리는 어머니의 목소리만 희미하게 들릴 뿐이었다. 이윽고 “저놈 갖다 버려! 사람을 속인 것은 절대 용서할 수 없다.”는 아버지의 불호령이 이어지고, 결국 그게 가시가 되어 어린 가슴에 박혔다.

아버지는 사발의 양이나 술맛으로 이미 나의 눈속임을 다 알고 계셨다. 지금 생각해보면 그 일이 있기 전에 내게 경고를 하신 적이 있었다. 일곱 남매 중 막내인 덕에 아버지를 따라 주막집에 가곤 했다. 한 번은 아버지가 다짜고짜 아주머니에게 “어린애를 보내니까 술을 적게 담아주는 것 아니냐?”며 따지는 듯하더니 재빨리 안으로 들어가셨다. 나 들으라고 하신 말씀이었다. 그동안 내가 저지른 행동을 다 아시고는 어린 자식에게 술이 좋을 게 없다는 것을 일러 주셨던 것이다.

오랜 세월이 지난 후 아들과 함께 그곳을 찾아갔다. 막걸리 심부름의 전설이 무색할 정도로 방앗간은 코앞에 있었다. 어린 눈에는 논두렁길이 한없이 길게 느껴졌던 것이다. 배달 사고를 크게 친 즈음, 아버지는 죽음도 슬픔도 모르는 어린 나에게 '정직하라!'라는 유일한 유산을 물려주시고는 우리 곁을 떠나셨다. 나는 아버지의 유지(遺旨)를 제대로 따르진 못했지만, 나름 명예를 소중히 여기며 살아 올 수 있었다. 명절이 다가오니 아버지의 막걸리 심부름이 더욱 그리워진다.

10년 만에 받은 손 편지

방을 정리하다가 아들의 배낭에서 몇 개의 낯선 물건을 발견했다. 이 가방은 그가 해군에서 복무하던 내내 메고 다니던 일종의 군용 자루였다. 오랫동안 당사자가 없다 보니 세탁할 필요가 생긴 것이다. 한쪽 깊숙한 주머니에는 입영 전에 작성한 것으로 보이는 설문지와 함께 손 편지 한 장이 들어 있었다.

그가 군에 입대한 날이 2011년 10월 10일이었으니 꼭 10년 전의 일이다. 나는 당시 대전에서 쉽지 않은 근무를 하던 터라 집사람이 대신 진해에서 열린 입영식에 다녀왔다. 아들은 신병 훈련 및 소정의 교육을 마치고 상륙함에 배치되었다. 그 후 해상 근무를 계속하겠다는 앵커 서약서인가 무엇인가를 쓰더니 2년 후 9월 9일 구축함에서 만기로 전역했다.

낡은 가방 안에는 신병의 신상에 대해서 부모의 의견을

물어보는 설문지가 보였다. 제 어미가 빈칸을 채운 듯 그녀의 글씨였다. 주로 가족 관계, 성장 배경, 이성 관계, 장단점을 묻는 내용이었다. 그중 당사자의 버릇을 묻는 항목에는 '잘 때, 두 발을 서로 비빈다.'라고 쓰여 있었다. 엄마만이 알고 있었던 아들의 비밀이었다.

사실 마음에 와닿았던 것은 아들이 작성한 한 쪽짜리 편지였다. 이는 집사람이 보낸 편지에 대한 답장 형식이었다. 배고프고 힘들면 아무래도 평소 잊고 있었던 부모가 생각나기 마련이다. 여기다가 음식, 건빵, 초코파이에 대한 각별한 사랑도 빼놓지 않았다. 어떤 연유든 간에 이 편지는 10년이 지나서야 우리에게 배달된 셈이었다.

아들이 자신의 꿈을 찾아서 이웃 나라로 나선 지 다섯 해가 되었고 얼굴 본 지도 두 해나 되었다. 그전에야 우리가 마음만 먹으면 갈 수 있었지만, 지금은 코로나가 이마저 가로막고 있다. 낯선 이국땅에서 밥이나 제대로 먹고 지내는지, 아직도 그 잠버릇이 남아 있는지 궁금하다. 빛바랜 설문지와 손편지를 읽고 난 후 요즘 따라 아들 생각에 눈물이 많아졌다는 아내의 말이 내내 마음에 걸렸다.

마법의 옷

시골에 살다 보니 새 옷 사 입을 일이 거의 없다. 정장으로 채비할 기회가 많지 않고 그전에 있던 옷으로도 충분하기 때문이다. 여기다가 유행에 뒤떨어진 바지 정도는 집사람이 고쳐 주기도 한다. 정작 필요한 것은 땡볕 아래 텃밭이나, 정원에서 일할 때 입는 옷이다. 최근 들어 입으면 힘이 나는 마법 같은 옷을 발견했다.

군에서는 일사불란한 지휘체제, 즉 상명하복을 지상 최고의 가치로 여긴다. 예외를 허용치 않다 보니 복장이나 말투까지도 통일을 요구한다. 특히, 해군은 함정을 중심으로 이루어진 조직이라 그 유형별로 혹은 함장의 철학에 따라 또 다른 통일이 이루어진다. 이러한 문화적 토양 위에 함정별로 모자나 티셔츠를 만들어 스스로 자긍심을 높이거나, 단합된 힘을 과시하기도 한다.

나도 30여 년을 해군에 복무하면서 직·간접적으로 많은 배들과 인연을 맺어 왔다. 해외로 나가서 외국 함정들과 훈련을 하거나, 각종 행사를 할 때마다 모자나 티셔츠를 기념으로 모았다. 모자는 그동안 이웃이나 친구들, 놀러 온 손님들에게 다 나누어주었다. 반면에 티셔츠는 내 몸에 맞는 사이즈다 보니 스무 번이 넘는 이사에도 고스란히 남아 있다.

이곳에서의 생활은 주로 머리보다는 몸을 쓰는 일이 많다. 그렇다 보니 언젠가는 쓸 거라고 남겨두었던 옷가지들이 제법 효자 노릇을 할 때가 있다. 하나씩 들추어보면 관함식, 순항 훈련, 함정 근무할 때 만들어진 것들이다. 가슴에는 당시를 기념하는 로고가 새겨져 있고, 간혹 어깨에는 국가대표 상징인 태극마크가 붙어 있다.

잠시 일을 멈추고 평상에 앉아 소금기로 얼룩진 티셔츠를 이리저리 둘러보면 감동의 순간들과 더불어 전우들의 얼굴이 떠오른다. 그동안 국가와 전우들에게 받은 사랑이 얼마나 크고 소중했는지 금방 알게 된다. 이처럼 내게 티셔츠는 단순한 일복 이상이다. 의미 있는 땀방울과 전우애가 짙게 배어 있어 늘 힘을 나게 하는 마법의 옷이다.

걱정을 끼치는 나이

자식들과 멀리 떨어져 살다 보니 그들에 대하여 늘 걱정하게 된다. 이웃 간에도 마찬가지다. 어르신들이나 아이들에게 무슨 일이 생기기라도 하면 남의 일 같지 않다. 여기에는 자식, 이웃이라는 이유 말고도 여전히 내가 건재하다는 믿음이 있다는 뜻이기도 하다. 그런데 최근의 일들을 가만히 돌아보면 오히려 그들이 나를 더 걱정한다는 느낌을 받게 된다.

요즘도 보이스 피싱 사고가 주요 뉴스에 빠질 날이 없다. 사기 수법이 점점 진화할 뿐만 아니라 그 대상도 다양해지고 있기 때문이다. 나는 관련 내용을 알게 되면 자식들이 염려되어 곧장 문자로 날리곤 한다. 그런데 그들은 오히려 누가 누구를 걱정하느냐의 토로 답을 보내온다. 부모를 더 걱정하는 것이다.

몇 달 전에는 외국에 나가 있는 아들에게서 잠시 들어오겠다는 연락이 왔다. 가까운 이웃 나라지만 코로나로 엄중한 시기인데다가 하는 일로 봐서도 쉽게 마음먹기 어려운 상황이었다. 장남으로서 최근에 일어난 몇 가지 집안일이 마음에 걸리기도 했겠지만 어리바리한 부모가 걱정되었던 것이다.

그동안 이런저런 일이 생기는 바람에 집을 자주 비웠다. 정원과 텃밭의 밀린 일을 하던 참에 옆집 아저씨와 아이들이 소식이 궁금했다면서 반갑게 인사를 건넸다. 며칠 전 우리 집 현관에 놓인 택배가 걱정되어 먼저 연락해준 고마운 이웃이었다. '장군 5분 대기조'가 인계인수도 없이 수시로 사라졌으니 걱정이 되었던 것이다. 나도 어느새 이웃들이 염려하는 대열에 합류한 것이다.

요즘은 내가 걱정하는 사람 숫자만큼이나 나를 걱정하는 사람도 만만치 않다. 평생 나를 염려하시던 양가 부모님의 빈자리를 자식들이나 이웃들이 대신 채워주기 때문이다. 이는 복에 겨운 일이기도 하지만 나를 불안하게 여기는 사람이 많아졌다는 뜻이기도 하다. 귀가 순해진다는 이순을 지나고 있으니 이제부터라도 남의 말을 잘 새겨들어 나에 대한 걱정을 덜어주어야 할 듯싶다.

치복(齒福)

지난주, 임플란트(implant) 수술했던 곳에 문제가 생겼다. 어제부터 인공치아가 약간씩 흔들리기 시작한 것이다. 이른 아침 한림에서 제법 알아준다는 치과에 들렀다. 원장님은 최신식 장비로 이리저리 검사한 후 장황하게 설명했다. 결국 원래 병원으로 가라는 말이었다. 우선 음식 먹기가 불편하니 서울에 다녀올 수밖에 없었다. 평일인데도 비행기표를 구하기 어렵고 그 삯도 만만치 않았다. 눈물을 머금고 그동안 긁어모았던 마일리지 수백 점을 한꺼번에 까먹고 말았다.

'오복(五福)'은 인생에서 바람직하다고 여겨지는 다섯 가지 복을 의미한다. 여기다가 치복(齒福)을 끼워 넣는 사람들이 더러 있는 것을 보면 이가 얼마나 중요한지 알 수 있다. 먹는다는 것은 결국 우리가 살아가는 데 생명을 연장하는 중요한 요건이다. 거기다가 먹는 행복까지 덤으로 주고 있으니 더 말할 필요도 없는 것이다.

나는 어려서부터 공부를 잘하거나, 연애를 잘하는 사람보다 이가 튼튼한 사람을 더 부러워했다. 시골에서 소풍 갈 때 맨 이빨로 콜라 뚜껑을 열거나, 꽉 조인 보자기 매듭을 단숨에 풀어버리는 친구들이 있었다. 그들이야말로 나의 우상이었다. 가족력인지, 오랜 함정 생활의 영향인지 알 수 없지만 나의 치아 상태는 그리 건강한 편이 아니었다.

다행히 약 20년 전 서울에서 한 은인을 만났다. 군(軍)에 있을 때만큼은 내 이를 책임지겠다는 분이었다. 군인이 무슨 돈이 있냐며 할인할 수 있는 모든 항목을 다 적용해주셨다. 조상 탓, 직업 탓하지 않고 오늘날까지 굶어 죽지 않고 있는 것은 그분 덕이다. 최근에 그 병원에 들렀다가 치아 몇 개가 좋지 않다고 해서 미련 없이 뽑았다. 인공치아의 수가 자연치아를 넘어설 날도 그리 멀지 않은 듯했다. 나이 들면서 나의 몸값도 덩달아 올라가는 셈이다.

아마도 덜렁거리는 치아를 붙이러 비행기를 타는 사람은 엄청난 부자이거나, 치아로 밥벌이하는 사람 정도일 것이다. 나는 그 어디에도 해당하지 않지만, 제주에 살다 보니 종종 이런 일이 생길 수 있다는 생각이 들었다. 평소 예상되는 일이야 사전에 일정을 조정해서 한꺼번에 해결하면 되지만 이런 일은 시간이 오래 걸릴뿐더러 내 맘대로 되지 않는다. 제주로 내려오겠다고 마음먹었다면 그동안 손보던 치아는 줄곧 다니던 병원에서 깔끔하게 마무리하고 이삿짐센터를 부르는 게 신상에 좋을 듯싶다.

불멍

새해 들어 거친 바람이 잦아들기 시작하더니 오늘은 마치 봄날처럼 포근했다. 마침 딸내미가 내려와 있어서 저녁에는 바비큐를 하기로 뜻을 모았다. 식사가 거의 끝나갈 무렵 불멍 하자는 누군가의 제의가 있었고, 나는 난생처음으로 그것을 경험하게 되었다.

불멍은 사전적으로 '장작불을 보며 멍하니 있는 것'을 의미한다. 주로 모닥불을 피우거나 장작을 태우며 불이 타들어가는 모습을 멍하니 지켜보는 것이다. 다시 말해 불을 보며 멍때림으로써 정신적, 육체적 쉼을 얻는 것이다.

지금은 캠핑족이 아니라도 누구나 간단한 준비물만 있으면 이를 즐길 수 있다. 마른 장작 한 뭉치와 라이터만 있으면 된다. 나는 운이 좋게도 이웃이 선물로 주고 간 다양한 도구들을 가지고 있다. 불멍에 필요한 접이식 화로, 불쏘시개, 가스 토치, 손도끼 등이다.

금릉 해수욕장 근처에 있는 편의점에 가서 참나무 마른 장작 두 망을 사 왔다. 집 근처에 있는 나무를 가져다가 장작 패기를 할 수도 있었지만, 아직 거기까진 익숙지 않았다. 바람이 덜 닿는 정원 한편에 화로를 설치한 후 불을 피웠다. 바람이 약해도 겨울은 겨울인 듯 몇 겹으로 무장을 했는데도 오래 버티기 어려웠다. 더군다나 드라마까지 우리를 기다리고 있었다.

과거에는 불멍 그 자체를 순수하게 받아들일 준비가 되어 있지 않았다. 사실 그럴 여유도 없었다. 복잡해진 머리야 운동장 대여섯 바퀴 내달리면 그만이었다. 오늘 불멍은 본래의 목적보다는 제반 도구를 확인하는 수준에 만족해야 했다. 비록 얼마 안 되는 시간이었지만 불꽃이 위로 날아가듯이 코로나도 하루빨리 사라졌으면 하는 바람이 간절했다. 많은 사람과 함께 짙은 어둠 속의 불덩이를 바라보며 밤늦도록 무언의 대화를 엮어갈 날도 그리 멀지 않았음을 확신했다.

전기 스위치 교체

오늘은 읍내의 기술자를 불러서 그동안 시원찮던 전기 스위치들을 모두 교체했다. 자타가 인정하는 원조 과학기술고 출신임에도 관련 기술이 없다 보니 남의 손을 빌릴 수밖에 없었다. 여기에는 내가 유난히 전기를 무서워하는 이유도 한몫했다. 오늘 일을 계기로 나의 기술적 본능이 깨어나기 시작했다.

어릴 적 시골에 살 때는 전기가 들어오지 않아 호롱불이나 촛불을 자연스럽게 사용했다. 이후 새로운 문명을 접하면서 이에 대한 적응이 필요했다. 간혹 천장에 달린 전구가 나가기라도 하면 읍내에 장이 열리는 날까지 기다려야 했다. 그 사이 이상하게 생긴 소켓을 보면 호기심이 발동하여 생옥수수 막대로 그곳을 찔러대곤 했다. 전기가 찌르르 오르면서 방바닥에 주저앉는 고통을 경험한 후에야 전기는 함부로 만져서는 안 되는 것으로 인식하게 되었다.

고등학교에 들어가서 전공을 선택하는 시기를 맞았다. 평생 그것으로 밥벌이해야 할지도 모르는 중요한 순간이었다. 내 적성과 성적, 그리고 전기에 대한 인식을 고려한 결과 선택의 여지 없이 판금 용접과를 지원할 수밖에 없었다. 어렵사리 두 개의 자격증을 땄음에도 불구하고 결혼 후 집사람으로부터 못 하나 제대로 박지 못한다는 소리를 자주 들었다.

이 정도 수준이다 보니 집에서 생기는 간단한 전기 고장도 기술자를 부를 수밖에 없다. 여기는 시골이라 출장비도 만만찮고 일정을 맞추려면 통사정해야 한다. 몸으로 때우는 일이야 어느 정도 할 수 있는데 전기는 아직 부담스러웠다. 그렇다고 온 집안에 붙어 있는 스위치며 전등이 문제가 생길 때마다 일일이 제 비용을 주면서 저자세로 부탁할 수도 없는 노릇이었다.

오늘은 기술자가 작업하는 내용을 자세히 살펴보았다. 앞으로는 나 스스로 해결하겠다는 마음이 생겼기 때문이다. 요즘 유튜브에 이런 내용이 많이 돌아다닐 테니 수리 도구만 장만하면 될 것 같았다. 전기 업체 사장님이 돌아간 직후 전동 드릴 공구와 몇 가지 도구들을 메모해 두었다. 한 시대에 이름을 날렸던 원조 과학기술고 출신이 누구나 다 할 줄 아는 일을 이제 시작하려니 민망스럽기 짝이 없었다.

콧노래

세상을 살다 보면 좋지 않은 일을 맞닥뜨릴 때가 있다. 그 일로 화가 난다든지 슬퍼지게 된다. 이럴 때마다 사람들은 마음이 좋아지는 법을 찾는다. 나의 경우 화가 나면 콧노래를 흥얼거린다. 입을 다문 채 코로만 노래를 부르다 보면 치밀어 오르던 화가 조금씩 가라앉는다. 나만의 분노 조절법인 셈이다.

나는 어려서부터 음치 소리를 듣고 자랐다. 간혹 짓궂은 친구들이 엉터리 노래를 듣기 위해 내 등을 떠밀 때 말고는 남들 앞에서 노래한 기억이 별로 없다. 대신 뒷산에 나무를 하러 가거나 들에 소 꼴을 먹이러 가서는 맘껏 콧노래를 불렀다. 창피할 일도 없었고 그냥 기분이 좋아지기 때문이었다.

30여 년의 군대 생활은 희로애락으로 가득 채워진 특별한 기간이었다. 군의 특성상 공적인 것에서부터 개인적 수준에 이르기까지 많은 일이 있을 수밖에 없었다. 노여움이 생기기라도 하면 크게 소리를 지른다거나 남을 잡아먹을 듯이 얼굴을 붉히기에 십상이다. 나는 좋게 말해서 차분하게 대응하는 편이었다. 타고난 성격도 있지만 콧노래로 마음을 달래기 때문이었다.

군대는 일사불란한 지휘체제를 유지하는 공동체적 성격을 띠고 있다. 반면에 사회는 군대와 사뭇 다르다. 생각이 다양한 사람들이 모여 살다 보니 크고 작은 갈등이 생기게 마련이다. 이해관계에 따라 어떤 것은 분노로 다가오기도 한다. 신이 아닌 이상 일일이 법적으로 해결하든가 아니면 스스로 감정을 다스리는 수밖에 달리 방도가 없다.

요즘 들어 암울한 뉴스를 접하거나 난폭 운전에 놀라거나 이해할 수 없는 일로 화가 치밀어 오를 때가 있다. 특히, 운전 중에는 욕이 먼저 튀어나오기도 하지만, 그래도 콧노래를 부른다. 이름도 제대로 알 수 없는 노래지만 마치 마법처럼, 거칠었던 마음을 누그러뜨려 준다. 어쩌다가 기분이 좋아서 하는 콧노래를 듣고 아내가 긴장하기도 한다. 어려서부터 시작한 콧노래는 화로 얼룩진 마음을 털어주는 시원한 바람이 되어주었다.

늦잠

나는 어려서부터 초저녁잠이 많았다. 지금까지 이어지다 보니 새벽에 일찍 일어나는 편이다. 그동안은 이른 시간을 잘 활용해 왔는데 요즘 들어 슬슬 엇박자를 내고 있다. 안 자던 늦잠을 자기 시작한 것이다. 나 스스로 게으름을 경계해야겠다고 마음을 다지던 차에 "행복한 줄 아시라."라는 집사람의 볼멘소리가 들렸다.

군대 생활을 돌이켜 보면 새벽 시간을 적절히 이용하는 편이었다. 묵상을 한다거나, 운동을 한다거나, 책을 읽곤 했다. 주로 하루를 맞이하는 데 도움이 되는 일이었다. 물론 배를 타고 출동을 나가서도 마찬가지다. 며칠간 비상근무를 했다거나 피로가 쌓여서 애써 늦잠을 청하는 것 말고는 새벽에는 늘 깨어 있었다.

군을 떠난 이후에도 여전히 비슷한 방식으로 아침을 맞

이해 왔다. 오히려 더 일찍 일어나기 일쑤였고, 그러다 보니 할 일도 많아졌다. 나이가 들면 늦잠 한 번 제대로 자보는 게 소원이듯이 자연스레 생기는 습관이려니 했다. 언젠가부터 아침 일과는 마치 빼먹으면 큰일 나는 통과의례처럼 되어 버렸다.

사실 지난해 얼마간은 새벽이 오는 것을 두려워한 적도 있었다. 이런저런 일들로 잠을 제대로 이룰 수 없었기 때문이다. 반면에 해가 한참을 올라와야 일어나는 때도 있었다. 친구를 만나러 강원도에 가는 경우다. 밤늦도록 이야기를 나누는 데다가 맑은 시골 공기가 깊은 잠을 거들어주기 때문이었다.

요즘 들어 늦잠을 자는 횟수가 늘어났다. 중간에 잠시 화장실을 다녀와도 곧바로 잠이 든다. 심지어 꿈마저 연속으로 이어질 때도 있다. 평일, 공휴일의 개념이 없으니 별로 문제가 될 일이야 없지만, 살짝 걱정되는 것도 사실이다. 초저녁 잠이 많은 나로서는 엄청난 시간을 잠자는 데 할애하는 꼴이 되기 때문이다.

이곳 생활에 어느 정도 적응이 되고 마음이 평안해진 모양이다. 그러다 보니 꼭 하기로 마음먹은 일에도 슬그머니 꾀가 나기도 한다. 어쩌면 추운 겨울을 무사히 보내고 새봄을 맞이했다는 몸의 신호인지도 모른다.

돌담 밖 덤불 정리

오래전부터 벼르던 돌담 밖의 덤불을 깔끔하게 정리했다. 여름이 되면 많은 넝쿨과 독풀이 담을 넘어와 골치를 썩였기 때문이다. 평소 가시넝쿨이 험하고 발아래 물웅덩이까지 있어서 접근하기 어려운 곳이었다. 오늘은 군화에 두꺼운 작업복을 입고, 보호안경까지 갖추고 나섰다.

막상 일을 시작하려니 엄두가 나질 않았다. 아직도 돌담 외벽 곳곳에 말라버린 독풀이 남아 있고, 아래쪽으로는 송악, 담쟁이가 벽에 바짝 달라붙어 있었다. 바닥에는 가시 돋친 찔레나무가 굵은 줄기를 앞세워 사방으로 다리를 뻗고 있었다. 각종 넝쿨이 얽히고설켜 있다 보니 한 손으로 담벼락을 붙잡고 나머지 한 손으로 덤불을 헤쳐 나가야만 했다.

땅바닥의 억센 놈은 발로 힘주어 누르면서 굵은 나무부터 톱으로 자르고, 얇은 것들은 낫을 사용했다. 지금처럼 낫의 날이 반질반질해지고 끝이 휘어지기는 처음이었다. 조선낫을 쓰지 않고 왜낫을 쓴 탓이었다. 작업하는 내내 아쉬움도 있었다. 둘째가라면 서러울 정도로 맑은 물이 흐르던 문수천에는 누군가 내던진 냉장고며 침대 매트가 흉측하게 누워 있었다.

운 좋게도 오래전 아이들이 공놀이하다 덤불로 빠뜨린 축구공을 되찾을 수 있었다. 모처럼 밥값을 했다는 마음에 친구들에게 문자를 날렸더니 "그게 어울려, 마누라 말씀 잘 듣네."라는 답변이 왔다. 벗들로부터 격려까지 받으니 가시에 찔린 손등의 상처도 아프지 않았다. 휑해진 빈자리에 올여름은 코스모스를 심어야겠다는 생각이 들었다.

라일락 꽃향기

아내와 함께 서울 나들이를 마치고 한밤중이 되어서야 집에 도착했다. 비바람이 몰아치는 깜깜한 정원에 라일락꽃이 물을 머금은 채 은은한 향을 내뿜고 있었다. 그녀의 유별난 라일락 사랑 덕분에, 몇 번을 헛걸음질하다가 작년 이맘때 제주 민속오일시장에서 어렵사리 구한 나무였다. 추운 겨울을 넘기고 철을 따라 꽃을 피웠으니 제대로 뿌리를 내린 것이다.

봄이 오는가 싶더니 라일락의 검은 꽃망울에서 새순이 돋아났고, 일주일 정도 집을 비운 사이 초록색 이파리 사이로 붉은빛을 띤 연한 자주색 꽃이 활짝 피었다. 꽃말이 '첫사랑, 젊은 날의 추억'이라 하니 그녀는 아직도 젊은 날의 첫사랑을 그리워하는 모양이다. 지난겨울에 나무줄기가 검게 변하자 이대로 죽는 것 아니냐며 나를 다그치기까지 했다.

옛날 내가 살던 시골에서 라일락은 흔한 나무 중의 하나였다. 여기 와서는 찾는 사람이 없어서인지, 맘 놓고 자랄 토양이 아니어서인지, 묘목 하나 구하기가 쉽지 않았다. 운 좋게도 큰 시장에 갔을 때 밑동에 흙이 제대로 붙어 있는 놈을 발견했는데 엄밀히 말하면 수수꽃다리였다. 농원 사장님은 다른 나무에 접을 붙여 키운 거라며 너무 깊게 심지 말라고 신신당부했다.

사실 내게 라일락은 그저 향기가 많이 나는 나무 정도였다. 그것에 얽힌 낭만이라든지 잊지 못할 사연은 생기지도 않았고 그럴 여유도 없었다. 지난해부터는 라일락을 가까이서 살펴보거나, 그 꽃향기를 맡노라면 이유 없이 가슴이 쿵쿵거리곤 했다. 그녀와 함께했던 젊은 날의 추억을 이곳에서도 다시 한번 만들어 볼까 한다.

건강검진

나이 들어 제주로 오는 사람들이 고민하는 것 중의 하나가 건강검진이다. 각자가 관심을 가져야 하는 분야가 따로 있고 병원을 한 번 정하면 계속 이용할 수밖에 없기 때문이다. 무조건 서울에 가서 하기도 쉽지만은 않은 일이다. 나도 수십 년 뜨내기 생활을 해온 터라 더욱 그렇다. 다행히 읍내에 있는 마땅한 병원을 알게 되었고 그곳에서 검진받았다.

얼마 전에 일이 있어서 주위에 있는 병원을 검색했다. 매번 시내에 있는 병원을 다녀오는 것도 여간 번거로운 게 아니었다. 우연히 울산에서 제법 큰 병원을 하시다가 제주가 좋아서 왔다는 한 원장님을 알게 되었다. 개원한 지 얼마 되지 않아 설비가 잘되어 있었고 진료받는 사람들도 많았다. 어르신들도 제법 보였다. 이곳 분들은 평소 다니던 병원을 쉽게 바꾸지 않는 것으로 유명한데 어느 정도 인정받았다는 얘기다.

아내와 함께 예약한 시간에 맞추어 병원에 도착했다. 코로나 등 이런저런 이유로 만 삼 년 만에 하는 정기 검진이었다. 병원 로비에 앉아 창밖을 보니 중간중간 누워있는 청보리밭이 인상적이었다. 검진에 앞서 코로나 확진 검사를 받았다. 이는 예전과 달리 추가된 절차였다. 그야말로 밤새도록 내시경 검사를 위해 준비한 일들이 헛물만 켠 꼴이 될 뻔한 순간이었다.

시골에 살면서 가까이에 좋은 병원이 있다는 것은 행복한 일이다. 통상 의사가 실력을 갖추고 환자로부터 신뢰를 얻으면 그런 소리를 듣는다. 여기다가 평소 진료 기록을 가지고 자연스레 말을 주고받을 수 있으면 금상첨화다. 이번에 다녀온 병원이 이와 비슷했다. 예나 지금이나 인술은 결국 환자의 마음을 얻는 것인 듯하다. 낯선 곳에서의 첫 건강검진을 이렇게 마쳤다.

막걸리 타령

시골에 살다 보니 막걸리 마시는 일이 잦다. 텃밭 일을 마치거나 이웃과 어울리게 되면 자연스레 술자리로 이어진다. 어르신들은 제주 막걸리에 대한 자부심이 대단하다. 맛도 맛이지만 오랜 세월 희로애락을 함께 했기 때문이다. 나도 살면서 좋아하는 막걸리가 있다. 거기에는 고향의 추억이라든지 이야깃거리가 담겨 있다.

막걸리 맛을 안 지는 꽤 오래되었다. 학교 들어가기 전부터 아버지의 술 심부름을 했기 때문이다. 공식적으로는 모심기나 벼 베기를 하다가 어른들로부터 한 잔씩 받아 들면서 시작했다. 엄하신 아버지는 왜 어린애한테 술을 주냐고 하시면서도 말리지 않으셨다. 적당히 마시라는 뜻이었다. 낮술에 취해 미루나무 그늘에서 잠이라도 들면 형님들은 잊지 않고 나를 업고 오셨다.

우리 고향에서는 청주 가덕 막걸리를 최고로 쳐준다. 예로부터 맑은 물로 부드럽고 달콤한 맛을 내기 때문이다. 특히, 모주(母酒)는 많은 추억을 만들어내곤 했다. 이것은 원액 수준으로 '앉은뱅이 술'로 더 알려져 있다. 맛이 좋아 계속 홀짝홀짝 마시다가는 일어나지 못하게 된다. 지금도 양조장에 가면 헷갈리지 말라고 병뚜껑에 매직으로 동그랗게 표시해 놓고 있다.

어버이날이라고 딸내미가 내려왔다. 마침 아는 분이 보내준 참나무 장작이 있어서 바비큐를 하게 되었다. 본의 아니게 엄마 손을 잡고 지나던 이웃 아이를 속상하게 만들었다. 이놈의 고기 냄새 때문이었다. 잘 구워진 몇 조각을 종이컵에 담은 후 미안하다는 말과 함께 집으로 갖다주었다. 몇 분 후에 그 아이는 쑥스러워하는 표정을 지으며 막걸리 한 병을 들고 나타났다.

나는 제주산 외에도 좋아하는 막걸리가 있다. 고향 막걸리만큼이나 내 입맛에 딱 맞는 술이다. 6·25전쟁 시 그 유명한 지평리 전투가 벌어진 곳에서 처음 빚어낸 술이기도 하다. 당시 프랑스 군대가 포함된 유엔군은 몇 배나 되는 중공군에 맞서 처음으로 승리를 거두었다. 며칠 전 이웃 아이는 바로 이 막걸리를 가져왔고, 그녀의 아버지도 프랑스 사람이었다.

어떤 막걸리든 고유의 맛을 낸다. 여기에 의미 있는 이야깃거리가 더해지면 그 맛은 더욱 깊어지게 마련이다.

텃밭 가꾸기

제주로 이사 온 이래 세 번째 봄을 맞고 있다. 날씨가 좋을 때라 주로 정원과 텃밭을 손보고 있다. 특히, 텃밭을 가꾸는 일은 손수 농사를 지어 결실을 본다는 점에서 그 설렘이 남다르다. 곡우가 지나고부터 오일장에 나가보면 작물 가판대에 많은 사람이 몰려 있음을 알 수 있다. 마침 오늘이 한림 읍내에 장이 서는 날이라 모종을 사러 나섰다. 6·1 지방 선거 운동이 공식적으로 시작되어서 그런지 평소보다 시끌벅적했다.

작년에는 열댓 가지 종류를 심었는데 이 중에 양파, 옥수수, 오이를 제외하고는 이웃과 나누어 먹을 정도로 재미를 봤다. 올해는 식구들이 좋아하는 가지, 애호박, 고추, 방울토마토, 미나리, 땅두릅에 집중하기로 했다. 얼마 전에 미나리는 오일장에서 산 몇 뿌리로 이동용 미나리꽝을 만들었고, 두릅은 강원도 친구가 보내준 뿌리를 돌담 밑에 심었다.

모종은 이곳의 유별난 바람을 이겨야 하니 크고 건강한 놈으로 골랐다. 먼저 텃밭에 각종 비료를 뿌린 후 밭고랑을 깊게 만들었다. 물이 금방 빠지고 굳는 성질이 있어서다. 모종을 심고 나서 흙으로 잘 북돋아 주었다. 심한 비바람에 대비해서 몇 개의 플라스틱 상자도 준비해 두었다. 앞으로는 물을 잘 주고 자라는 것을 보면서 지지대를 조정해주면 그만이다.

초보자는 작물의 양을 가늠하기가 쉽지 않고 의욕은 하늘을 찌르기 마련이다. 시장에 가면 아무래도 씨앗보다 모종을 사게 된다. 여기다가 이웃들이 좋은 모종이라며 챙겨 주는 경우도 생긴다. 조그만 텃밭에 많은 양이 빼곡히 들어설 수밖에 없는 구조다. 결국 관리도, 수확도, 처리도 제대로 못 하는 불량 촌부가 되고 만다.

시골로 이사 간다고 딸내미가 장만해준 고무장화를 신고 텃밭을 일구는 일은 소소한 행복 그 자체다. 지금도 일어나자마자 미나리꽝에 물을 채우고, 두릅 앞에 쭈그리고 앉아 흙을 비집고 나오는 새순을 세고 있다. 손수 지은 작물은 음식의 신선한 재료가 될 뿐만 아니라 살림에 보탬이 되기도 한다. 그렇다고 닥치는 대로 심다 보면 일이 많아져 자칫 스트레스가 될 수도 있다.

텃밭 정도를 가꾼다고 우습게 봤다가는 큰코다친다. 해

가 갈수록 경작 면적이 줄어드는 이유가 있다. 꼭 필요한 것만 골라서 재배하는 것이 신상에도 좋다. 여기서도 선택과 집중의 전략적 접근이 요구된다.

아내의 소일거리

집사람은 지난해부터 소일거리로 작은 사업을 시작했다. 주위에 놀고 있는 집을 이용해서 한 달 살기, 반 달 살기를 제공하는 숙박 공유업이다. 약간의 수익과 더불어 본인도 즐길 수 있는 일종의 취미활동인 셈이다. 평생 사업장이라곤 얼씬도 안 해본 사람인데 전문경영인 못지않은 수완을 발휘하고 있다. 나름의 '손님 중심의 맞춤형 경영'을 추구하고 있는 듯하다.

우리 집에는 그녀만의 작은 공간이 있다. 책을 본다거나, 기도를 한다거나, 순전히 개인적 일을 보는 곳이다. 책상 앞 벽면에는 자신의 이름이 새겨진 사업자등록증이 고상하게 걸려 있고, 그 아래에는 국세청에 신고할 거래 장부며 각종 메모가 소복이 쌓여 있다. 법을 전공한 전력이 있다 보니 법을 어기면 큰일 난다고 생각하는 편이다.

나는 군사보안이라는 높은 울타리 안에서 거의 40년을 살았다. 그 흔한 단톡방에 가입할 때도 수십 번을 생각하고 나서야 수락한다. 대부분의 군인 가족들도 마찬가지다. 그러던 아내가 지금은 페이스북, 인스타그램, 유튜브, 블로그 등 안 하는 게 없을 정도다. 특히, 개인 블로그를 만들어 주변의 좋은 장소나 일들을 많은 사람들과 공유하면서 자신의 영업장까지 관리하고 있다.

일의 성격상 한 달에 한 번 또는 두 번꼴로 손님을 맞이하게 된다. 우리는 모든 일정을 그 날짜에 맞출 만큼 중요한 일로 여긴다. 나는 기껏해야 옆에서 허드렛일이나 거들지만, 그녀는 손님이 무엇을 원하는지, 아이들이 있는지, 반려동물이 있는지를 사전에 꼼꼼히 파악한다. 일례로 어린이 인형을 침대에 장식하기도 하고, 강아지 펜스를 비치하기도 한다.

일반적으로 손님은 오후에 들어오는 것이 원칙인데 당일 이른 아침에 오겠다는 분들도 있다. 평소 해가 중천에 올라와야 눈을 뜨는 사장님이 그날만큼은 새벽부터 실내 온도를 맞추고 그들을 반갑게 맞이한다. 사정이 있을 거라며 추가 비용은 말도 꺼내지 못하게 한다. 나하고는 정반대로 인정머리 없는 원칙 보다는 원칙적이지 않은 인정을 더 소중히 여긴다.

언젠가 읍내의 영화관에서 〈미나리〉를 보고 있다가 혼자

지내던 손님으로부터 발을 다쳤다는 연락을 받은 적이 있다. 당장 119에 연락할 정도는 아니라 생각되어 내가 직접 제주 시내에 있는 큰 병원으로 모시고 갔다. 부담스러운 밤길 운전이지만 환자를 심리적으로 달래는 조치도 게을리하지 않았다. 다행히 바늘로 꿰맬 정도는 아니라서 간단히 치료하고 돌아왔다. 나중에 그분이 간호대 교수님이라는 말을 듣고 웃음을 참을 수가 없었다.

아내가 일을 시작한 지 겨우 일 년이 넘었는데 두 번째 머물고 갔거나, 다른 일로 제주에 왔다가 차 한잔하러 들르는 분들도 있다. 올 초에는 작년 여름 부산에서 오셨던 부부가 애월 빵 공장에 들러 맛있는 빵을 사 들고 오셨다. 그리고 어제는 우리 부부를 당황하게 했던 간호대 교수님 부부가 잠깐 들르셨다. 바쁜 일정 가운데 얼굴을 보러 오는 것은 결코 쉬운 일이 아니다. 좋은 추억을 놓고 갔기 때문에 가능한 일이다.

사장님은 사업장을 정식으로 등록하고, 직접 특허 받은 상호를 쓰고 있다. 모든 것을 관리하는 데 초점을 두기보다는 고객의 관점에서 바라본다. 손님이 떠나기 전에는 항상 차 한 잔을 권하거나 이곳과 관련된 책을 선물하기도 한다. 이처럼 정성과 인정을 최고의 가치로 생각하면서 좋은 사람들까지 얻고 있다.

아내의 소일거리는 새로운 고향을 만들기 위해 처음 시도한 계획이다. 그녀는 어렵지 않게 영업 비밀을 알아낸 듯했다. 여길 찾는 손님들에게 작은 행복을 만들어주면 자신도 행복해진다는 믿음이다. 다음 주에는 신혼부부가 들어온다. 그들의 새 출발을 축하하기 위해 벌써 특별한 이벤트를 준비 중이다. 그녀는 점점 제주에 빠져들고 있다.

빨강 애마의 귀환

그동안 서울에 있던 지프가 제주로 돌아왔다. 거의 일 년 만이다. 육지로 나가서 해결해야 할 일이 여러 건 생긴 데다가 코로나의 기승도 한몫 한 탓이다. 일이 대부분 마무리되다 보니 차도 할 일이 없어진 것이다. 무거운 짐을 내려놓고 와서 그런지 배 타고 바다를 건너오는 길이 한층 편안했을 것이다.

세계 어딜 가도 서울만큼 대중교통이 잘 되어 있는 곳도 드물다. 골목길만 나오면 어디까지라도 교통카드 한 장이면 된다. 지하철과 버스는 노선에 따라 운임이 연계되어 있어 승객의 관점에서 상당히 효율적이기도 하다. 반면에 이번처럼 이리저리 뛰어다녀야 할 일이 생긴다거나, 무거운 짐을 들고 시외로 갈 때는 돈으로 해결하든지, 아니면 개인의 차량을 이용할 수밖에 없다.

어제저녁 집 앞에서 이웃 아주머니와 마주쳤다. 인사를

건네기 무섭게 “지프가 돌아왔네요?”라면서 나보단 차를 더 반기는 눈치였다. 그동안 이웃들은 내가 돈이 떨어져 차를 팔아먹었는지, 기름값이 올라 어디 창고에 처박아 놓았는지 궁금했던 것이다.

오름을 갈 때는 통상 지프를 타고 가는 편이다. 주차장이 산속에 있거나, 진입로가 포장되어 있지 않은 경우가 대부분이기 때문이다. 일주일 만에 집으로 돌아왔더니 오름이 생각났다. 이른 아침 지프를 끌고 가까이 있는 노꼬메 오름으로 향했다. 오름 입구에 다다르자 유유상종이라고 소길리 공동목장의 말들이 나의 빨강 애마를 반겨 주었다.

지난 늦여름부터 많은 일들이 생겼다. 자질구레한 것을 포함하여 제법 중요한 일도 있었다. 지프 덕분에 시간을 잘 활용할 수 있었고, 서울에 홀로 버티고 있는 것만으로도 큰 위안이 되었다. 앞으로는 그곳에서 일이 생겨도 대중교통을 타고 다니며 해결할 정도였으면 하는 바람이다. 애마의 귀환은 모든 것들이 정상으로 돌아가는 새로운 시작인 셈이다.

장마 준비

매년 이맘때면 어김없이 장마가 찾아온다. 평균 한 달 정도 지속되는데 그렇다고 매일 비가 오는 것은 아니다. 재작년에는 무려 48일이라는 역대 최장 기록을 세우기도 했다. 오랜 장맛비는 많은 시설물을 상하게 하고 바람을 타기라도 하면 더 심각하게 만든다. 철저히 대비하는 수밖에 달리 뾰족한 수가 없다.

며칠 전부터 비가 내릴 거라던 방송을 비웃기라도 하듯 하늘은 멀쩡했다. 어제는 옥상에서 내려오는 배수관의 주름 연통을 처마까지 연결했다. 내일부터 진짜 장마가 시작된다고 하니 오늘 모든 준비를 마쳐야 했다. 다행히 부엌으로 물이 새는 곳은 작년에 완전히 틀어막았고, 큰 평상도 일찌감치 손을 봐 두었던 터라 피크닉 테이블 2개만 남아 있었다.

우선 칠 작업에 앞서 비닐을 바닥에 깔았다. 작년에 시너

(thinner)만 믿고 무작정 했다가 혹독한 대가를 치렀다. 사실 잔디 위는 덜 하지만 테라스 같은 경우는 나중에 얼룩이 져서 엉망이 되고 만다. 마침 여러 용도로 사다 놓은 대형 비닐이 있어서 이를 잘라서 사용했다.

비닐 위에 테이블을 올렸다. 덩치가 큰 데다 바람이 많이 불어 집사람의 도움을 받아야 했다. 먼저 전기 샌더로 손질한 다음 방수 목적의 외부용 오일 스테인을 여러 번 발랐다. 나뭇결이 보여야 좋다는 마나님의 의도를 전적으로 반영한 것이다.

일을 마치고 식탁에 앉았다. 상추와 돼지고기 두루치기가 먹음직스럽게 놓여 있었다. 집사람은 방금 텃밭에서 뜯어온 상추라며 땀 흘린 수고를 기억해주었다. 곧이어 "일 년에 봄, 가을 두 번은 해야 할 것 같아요."라는 당부의 말이 이어졌다. 그러잖아도 슬슬 꾀가 날 판인데 예상치 않은 요구였다. 나는 막걸리 두 잔을 비울 때까지 아무 말도 하지 않았다. 어쨌든 올 장마에 맞추어 만반의 준비를 끝낸 셈이다.

도전 그리고 성공

어제 오전 화장실 양변기가 갑자기 탈이 났다. 비데가 있는 최신형으로, 바로 전까지 멀쩡했다. 집사람은 리모컨의 건전지를 새것으로 교체한 지 얼마나 됐다고 또 말썽이냐며 투덜댔다. 여기다가 남들은 다 '자동 물 내림' 기능을 사용하는데 우리는 그렇지 못하다는 둥 건전지 사 오는 길에 은근히 나를 자극했다.

리모컨의 건전지를 새것으로 교체했지만 소용없었다. 변기 본체에 전원이 들어오지 않고 있었다. 이번에는 내가 나서서 새집에 어디 이런 조잡한 변기를 설치했냐며 집 지은 사람을 원망하기 시작했다. 순간적으로 변기 자체가 아니라 전기배선의 문제라는 생각이 들었다. 예상대로 두꺼비집의 화장실 차단스위치가 내려와 있었다.

늘 부르던 전기업체 사장님한테 연락했다. 얼마 전부터

한경면 로터리클럽 회장을 맡고 있어서 그런지 시간 나면 한 번 들르겠다는 말만 들었다. 오늘은 못 온다는 뜻이었다. 우연히 화장실 전원차단기가 그곳뿐만 아니라 거실 일부, 세탁실까지 연결되어 있다는 사실을 알았다. 세탁기, 건조기, 보일러, 김치냉장고, 에어 프라이어도 먹통이 된 것이다. 당장 급한 것은 양변기와 김치냉장고였다.

오늘은 좀 더 이른 새벽에 눈을 떴다. 일단 두꺼비집의 화장실 차단기와 연결된 모든 전기 플러그를 뽑았다. 차단스위치가 올라갔다. 여기에는 이상이 없다는 얘기였다. 급한 순서대로 플러그를 하나씩 다시 꽂으면서 차단기를 확인했다. 양변기, 김치냉장고, 보일러, 세탁기, 건조기, 에어 프라이어 순이었다. 마침내 누렇게 변해 있는 문어발 콘센트에 문제가 있음을 확인했다.

일찍 일어난 아내가 거실로 나왔다. 나는 평소와 다르지 않게 잘 잤느냐는 인사와 함께 "화장실 자동 물 내림을 직접 확인하세요!"라고 말을 건넸다. 그녀는 어떻게 된 일이냐며 화장실, 세탁실을 둘러보고는 "벌써 사장님이 다녀가셨어요?"하는 것이었다. 젠장, 그 바쁜 양반이 이 장맛비에 아침도 안 먹고 왔다는 것인가!

오늘 일은 일류 공고 출신으로서 상처받은 자존심을 회

복하기 위한 전사적 본능이었다. 실은 아내보다는 업체 사장님의 말이 나를 건드렸다. 그런 고장은 원인을 찾는 데 시간이 오래 걸릴 뿐더러 마치 내가 콘센트에 물을 뿌리기라도 한 듯 말했기 때문이다. 나는 오랜만에 아내로부터 "역시 똑똑한 오빠랑 사니까 좋네요."라는 말을 들었다. 그녀는 어두컴컴한 곳에서 헐렁해진 내 잠옷 단추를 손보기 시작했다.

구멍 난 수건

제주에 몇 년 살면서 옛날 버릇이 다시 나타나고 있다. 바로 버리지 못하는 습관이다. 사실 처음에는 안 쓰는 물건이 있으면 닥치는 대로 버려야겠다고 마음먹었다. 결코 쉬운 일이 아니다. 대부분 재활용해야 하고, 그렇지 않으면 돈을 주고 사야 한다.

군대생활 하면서 생긴 일종의 직업병이다. 무엇보다 유비무환의 중요성을 강조하다 보니 하찮은 물건이라도 챙길 수밖에 없다. 스무 번이 넘는 이사를 하면서 풀지 않은 짐이 여럿 있을 정도다. 그중에는 한 번도 입지 않은 옷가지가 수두룩하다. 지금 생각해보니 여기 와서 쓰려고 싸 들고 다녔던 모양이다.

아내는 오전에 구멍 난 수건 한 장을 들고 거실로 나왔다. 다소 눈에 익어 보였다. 어린 딸내미를 유모차에 태우고 다니면서 덮어주던 자은 담요였다. 벌써 삼십 년 전의 일이다. 두 개의 큰 구멍은 장복산에 놀러갔을 때 바퀴에 낀 놈을 무리하게 잡아당기다 생긴 흔적이다. 여름옷을 정리하다 우연히 발견한 것이다.

우리집에 있는 물건들은 대부분 오래된 것들이다. 비록 돈이 될 만한 것은 없지만 아름다운 추억이 묻어 있다. 특히 딸내미는 그러한 것들을 더욱 소중히 여기는 편이다. 내가 보내 준 사진을 보고 어렴풋이 기억이 날 것 같다는 그녀에게 "와서 봐! 구멍 난 것 빼고는 상태 좋아~"라는 엄마의 댓글이 이어졌다. 이번 추석에 내려오면 선물로 준다고 하니 벌써 기대가 되는 모양이다.

사람들은 안 쓰는 물건이 있으면 과감히 버리라고 한다. 맞는 말이다. 올레나 오름을 다닐 때도 가벼운 등짐이 최고다. 간혹 재활용의 기쁨과 더불어 구멍 난 수건처럼 빛바랜 물건들이 가슴을 따뜻하게 적셔줄 때도 있다.

명 트리오

통상 부자지간보다는 모녀 사이가 잘 통하는 편이다. 우리 집이라고 다를 게 없다. 그나마 나랑 통한다고 생각하는 아들 녀석은 외국에 있다. 그러다 보니 한눈파는 순간 왕따당하기 십상이다. 집사람과 딸내미는 오래전부터 알아주는 명콤비였는데 최근 들어 해결하기 어려운 숙제를 떠안게 되었다.

두 사람은 마치 남을 배려하기 위해 이 세상에 태어난 것처럼 서로를 많이 생각한다. 딸내미는 과자로 성격을 알아보는 방법에 따르면 전형적인 '토닉 워터'이다. 누구에게도 잘 맞춰주고 배려가 많아 섞이면 맛이 배가 되는 유형이다. 그들은 내게도 쉴 새 없이 재활용 처리하는 방법이며, 밥 굶지 않는 방법을 자세히 설명해준다.

그들은 몇 년 전에 유럽 여행을 재밌게 다녀온 적이 있었다. 보름간의 자유여행 성격이라 서로 마음 맞추기도 쉽지 않왔을 것이다. 중요한 시험을 앞두고 일주일을 함께 하면서 잘 이겨낸 적도 있었다. 누가 아프기라도 하면 더욱 진가를 발휘한다. 중요한 시기마다 집을 떠날 수밖에 없었던 내 직업이 그들을 그렇게 만들었다.

24시간 집에 붙어 있다 보니 자질구레한 일로 갈등을 빚을 때가 있다. 집사람은 내가 무슨 일이라도 하려면 그 이유를 꼬치꼬치 캐묻는다. 집안일이라면 베테랑인 그녀로서는 내가 미덥지 못한 것이다. 다름으로부터 오는 자그마한 것들이 때론 서로에게 아픔이 되기도 한다. 잔소리가 사랑임을 알면서도 적응하기란 마음 같지 않다.

나는 오랫동안 '계급이 깡패'라고 알려진 조직에서 살아왔다. 거기다가 틈만 나면 '싸우면 이기는 해군이 되자'를 다짐해 왔다. 그 덕에 쓸데없는 고집을 부리다가 식구들의 논리적 대응에 스타일을 구기기 일쑤다. 특히, 어려서는 법 없이도 살 것 같았던 딸아이가 지금은 법 없이는 살 수 없게 되었으니 지극히 당연한 일이다.

우리 집 명콤비는 새롭게 팀워크를 짜야 할 시기를 맞았다. 소통 감각이 처지는 내가 합류했기 때문이다. 과거 어려운 고비마다 잘 이겨냈던 그 정신이 더욱 절실해진 것이다. 나 또한 명 트리오의 일원으로 거듭나기 위해 달나라의 망령에서 빨리 벗어나야 한다. 우리는 지금 서로 사랑의 손길을 맞잡기 위해 애쓰는 중이다.

이웃의 마음길

두 번째 사랑과의 이별

오늘은 슬픈 날이었다. 미국 캘리포니아에 살다가 갑자기 들이닥친 코로나를 피해 이곳에 머물던 준섭이네가 돌아갔기 때문이다. 그쪽의 사정이 뉴스로 전해지는 것보다 좀 나아진 모양이었다. 지난해 이맘때 이사 온 이후 맛있는 음식을 나누어 먹고 눈사람을 함께 만들던 좋은 이웃이었다. 이별은 늘 소중한 가치를 남기고 가는 것 같다.

지난 말복 때 토종닭 백숙으로 점심을 해결한 후 거실에 누워 나른한 몸을 어르고 있었다. 이때 누군가 큰 창문에 눈을 바짝 붙이고 방 안을 이리저리 살피는 것이었다. 준섭이의 여동생인 다섯 살배기 준서였다. 엄마 아빠보다 댓 발짝 먼저 도착한 것이다. 뒤이어서 가족이 바비큐 세트를 들고 왔다.

그날 저녁 우리는 모두가 좋아하는 피자와 치킨으로 조촐한 송별 파티를 열었다. 좀 이른 감도 있었지만, 이곳에서의 추억을 떠올리며 아쉬움을 달랬다. 이날 밤 섬나라의 필수품인 낚시 세트도 덤으로 받았다. 거기에는 낚싯대 말고도 구명조끼, 밑밥통, 태클박스, 두레박, 살림망 등이 고루 갖추어져 있었다. 그날 하루 아이들이 불러 준 '장군님' 소리는 지난 1년간 여기서 들었던 전체 횟수보다 많은 듯했다.

준서는 지난 어버이날 예쁜 모자에 초코볼이 박혀있는 크록스(Crocs) 샌들을 신고 카네이션을 전해준 아이다. 얼마 전 지루한 비가 멎은 날 워키토키 놀이를 하면서 상대방에게 "장군님을 사랑해요. 오버!"를 연거푸 보냈었다. 사랑을 직접 고백할 수 없는 연유야 알 수 없지만, 이 세상에서 나에게 사랑을 고백한 두 번째 여인이었다. 그녀는 얼음물을 유난히 좋아했으며, 마시멜로 인형을 내게 선물로 주고 가고 싶어 했다.

어제는 지나는 길에 잠시 들러 떠날 때 공항까지 바래다 주겠다고 말했다. 그녀의 아빠는 이른 아침 배편으로 이동하고, 나머지 식구들은 비행기로 가야 하기 때문이다. 일어나자마자 한창 출발 준비를 하는데 문자가 날아왔다. 항공편을 앞당겨서 아빠가 이미 공항에 데려다주었다며 거기서 찍은 아이들 사진을 보내왔다. 고맙다는 말도 잊지 않았다. 우리에게 신세 진다고 생각했던 모양이다.

어쨌든 태풍 오마이스(OMAIS)가 올라오기 전에 출발해서 얼마나 다행인지 모른다. 피가 섞이지 않은 이웃 간에도 유난히 정이 많이 가는 경우가 있다. 그들 가족이 특히 그랬다. 아이들은 커서 장군님과의 추억을 기억하지 못하겠지만, 나는 고기를 굽거나, 물고기를 낚거나, 토끼 인형을 볼 때마다 그들을 떠올릴 것이다.

우리는 늘 만남과 헤어짐을 반복하며 살아간다. 만날 때의 기쁨이야 비슷하지만 헤어질 때 아쉬움의 깊이에는 차이가 있다. 미국 친구들이 그동안 부쩍 커버린 아이들을 몰라볼까 내심 걱정이 된다. 집안에서는 우리말만 쓴다는 나라 사랑 으뜸 가정의 평안과 준섭·준서의 아메리칸드림을 응원한다.

상식의 덫

읍내에 들어서면 모녀가 운영하는 남성 전문 미용실이 있다. 이사 와서 이곳에 있는 이발소란 이발소는 모두 한 바퀴 돌고 나서야 겨우 찾아낸 곳이다. 솜씨가 좋고 친절하여 손님이 제법 많이 오는 곳인데 최근에 난리 아닌 난리가 났었다고 한다. 평화로운 시골에서도 이렇게 어두운 일들이 종종 발생하곤 한다.

얼마 전 몇몇 손님이 사나흘 간격으로 미용실을 찾아와 심한 욕설을 퍼부었다고 한다. 이유는 엄마 사장님의 말투가 마음에 들지 않는다거나, 머리 스타일을 주문하는데 말이 많았다는 것이다. 심지어 돈을 집어 던지기까지 했다고 하니 도시에서 내려온 젊은 사장님의 입장에서는 충격적이었을 것이다. 이유야 어떻든 상식을 많이 벗어난 일이다.

상식은 보통 알고 있거나 알아야 할 지식을 말한다. 원칙

과는 달리 판단력이나 이해력을 포함하고 있어서 지역, 문화 또는 시대에 따라 쉽게 단정 짓기가 어렵다. 그렇다 보니 간혹 시골이라서 괜찮다고 생각하는 행동이 그 범위를 훨씬 넘어설 때도 있다. 이는 변화하는 시대의 흐름을 읽지 못한 채 과거로부터 젖어온 상식의 덫에 갇혀 있기 때문이다.

나는 이 서글픈 이야기를 들으면서 옛날 시골에서 살 때가 생각났다. 어른 아이 할 것 없이 곱지 않은 단어를 섞어가며 말하는 것이나, 농사철에 수멍을 둘러싸고 이웃 간에 실랑이를 벌인다거나, 간혹 손님과 주막집 아주머니가 술값 문제로 돈을 구겨 던진다거나 하는 기억들이다. 그 시절에는 이웃 간의 애정, 삶의 간절함, 애주가의 애환이 있었기에 대수롭지 않게 여겼다.

이젠 세상이 그렇듯이 시골에서의 상식도 많이 변했다. 인심이 예전 같지 않고, 다양한 삶을 존중하다 보니 넘지 말아야 할 경계도 명확해지고 있다. 소란 피운 사람들의 꿍꿍이야 알 수 없지만, 세월 따라 변하는 상식을 멀리한 채 과거의 덫에 걸린 것이 틀림없다. 억울함의 앙금을 씻어내지 못한 엄마 사장님의 떨리는 목소리가 머리를 만지는 내내 나의 가슴을 졸이게 했다.

닭볶음탕

어제는 모처럼 딸내미가 내려온 덕에 바닷가 식당에서 저녁을 먹고 집에 들어왔다. 정원등을 켜기가 무섭게 바로 옆집의 윤오가 "장군님! 우리 아빠가 만들었어요." 하면서 무언가를 들고 왔다. 방금 요리한 것으로 보이는 닭볶음탕이었다. 얼마 전 달걀찜 얘기할 때와는 사뭇 다르게 자부심이 넘쳐 보였다.

그는 아홉 살배기로 우리 단지 내 유일한 사내아이임과 동시에 나와 스스럼없는 말동무이기도 하다. 나는 그의 가족을 '낭만 가족'이라 부른다. 정원에는 철마다 어울리는 장막이 쳐 있고 주말이면 온 가족이 여행을 떠나거나 불멍을 즐긴다. 아빠가 육지에서 일하지만, 일전에 한 번 코로나 자가격리할 때 말고는 빠짐없이 내려오는 화목한 가정이기도 하다.

최근 큰 변화가 생겼다. 추석 명절을 계기로 엄마 아빠가 임무를 교대한 것이다. 얼마 전 윤오가 아빠와의 애로사항을 나에게 슬며시 흘린 적이 있다. 아빠가 달걀찜에 소금 대신 올리브유를 넣었다는 것이다. 집안일에 서툴 수밖에 없었던 아빠로서는 이번이야말로 명예를 회복할 수 있는 절호의 기회였던 셈이다.

닭볶음탕의 맛은 일품이었다. 맵지도 않으면서 떡볶이 떡과 당면도 적당히 들어갔다. 보통 연구한 솜씨가 아니었다. 한마디로 달걀찜의 불편한 진실을 묻어버릴 정도로 최고의 요리였다. 월드컵 축구 예선을 보는 내내 답답했었는데 고급 안주에 곁들인 막걸리 한 사발이 그나마 위안이 되었다. 좋은 이웃은 더불어 살아가는 데 큰 활력소임이 틀림없다.

이건 아니라고 봐!

시골에 살다 보니 TV 드라마를 보는 재미가 쏠쏠하다. 다소 유치하다거나, 막장 같은 내용도 있지만 간혹 잔잔한 감동을 주기도 한다. 그동안 빼놓지 않고 보던 주말 드라마가 끝났다. 복잡한 가족관계 속에서 무거운 짊을 숙명으로 여기며, 자기만의 가치를 지키려 했던 한 아버지의 삶이 인상적이었다.

우리 드라마는 대체로 선(善)이 악(惡)보다는 대세다. 탐욕적이거나 불의를 추구하던 사람들은 결국 폭망에 이르게 되고, 잘못 꼬인 집안의 복잡한 관계는 선한 질서에 따라 제자리를 찾게 된다. 이 중에 후자와 관련된 드라마에서 지속해서 반복되는 대사가 있었다. "이건 아니라고 봐. 아닌 건 아닌 거야!"가 대표적이다. 이는 양반집 후손으로서 지엄한 삶의 가치를 지키기 위한 최소한의 기준이었던 셈이다.

이곳에 내려온 이래 이것은 아니라고 여겨지는 사례들이

더러 있다. 자동차 역주행 및 음주운전을 밥 먹듯이 하는 일, 마늘을 인도 위에다 말리는 것도 모자라 쓰레기를 놓고 가버리는 일, 이웃의 밭으로 들어가는 길목에 일부러 돌을 쌓아 막는 일 등이다.

언제부턴가 나도 모르는 사이에 "이건 아니라고 본다." 라는 말을 마치 주문처럼 중얼거리기 시작했다. 오랫동안 도시 생활과 공직사회에 길든 탓이거나, 아직 트멍의 삶을 제대로 누리지 못해서 생긴 병인지도 모른다. 어느 것이 옳고 어느 것이 그른지를 떠나서 '이건 아니라고 봐'보다는 '이건 기다고 봐'라는 말을 더 들었으면 좋겠다.

믿는 도끼에 발등 찍히다

'믿는 도끼에 발등 찍힌다'라는 말은 늘 사용하는 도끼라도 잘못하면 제 발등을 찍는다는 뜻이다. 통상 믿었던 사람이 배신할 때 빗대어 쓰는 말이기도 하다. 우리는 복잡한 인간관계에서 크든 작든 이러한 일을 경험하게 된다. 제주로 이사 온 이후 처음으로 믿는 도끼에 발등을 찍히고 말았다.

군에 있을 때는 짧은 머리에 2 대 8 가르마를 친 기본형을 하고 다녔다. 전역 후에는 마누라 손에 이끌려 딱 한 번 파마를 한 적 말고는 군인 머리로 보이지 않을 정도로만 유지했다. 그동안 훈련병이든 집사람이든 아무에게나 머리를 맡기다 보니 기본형에서 크게 벗어나지 않는 한 머리에 대해서는 별로 신경을 쓰지 않는 편이었다.

제주 와서는 읍내에 모녀가 운영하는 남성 전문 미용실을 찾는다. 손놀림이 좋고 친절하여 1년 넘게 다녔으니 단골이나 마찬가지다. 얼마 전에도 여느 날처럼 문에 들어서자 엄마 사장님이 "안녕하세요? 늘 하던 대로 하시죠?"라며 반갑게 자리로 안내했다. 단골에 대한 품격 있는 예우에 모든 것을 맡기고 두 눈을 감았다. 얼마 후 눈을 떠보니 거울 앞에 '해병대 용사'가 근엄하게 앉아 있는 것이었다.

나는 당혹스러움을 애써 감추면서 "시원하게 깎아주셔서 감사합니다."라고 화답했다. 평소의 머리 손질에 대한 관대함 때문이라기보다 머리카락이 다시 자라는 것 말고는 뾰족한 수가 없었기 때문이었다. 그날은 엄마 사장님의 기분이 별로였거나, 내가 마스크를 쓰고 있어서 다른 사람으로 착각했던 게 분명했다. 어쨌든 나로서는 믿는 도끼에 발등을 찍힌 셈이었다.

언제부턴가 모녀 사장님은 머리를 손질하면서 속상했던 일을 하나둘 꺼내기 시작했다. 내가 그 비밀을 지켜주거나, 마음을 잘 이해해줄 것으로 생각한 듯했다. 나로서는 신뢰를 얻은 셈이니 '안전 빵'으로 여겼던 것이다. 믿는 도끼에 발등을 찍혀도 씁쓸하지 않았다. 평소 머리 스타일에 대해 너그럽기도 했지만, 사장님이 단골을 예우하려다 벌어진 일이기 때문이다. 미용실 문을 나서는 순간 상냥한 인사가 들렸고, 짧은 머리는 젊어 보여서 좋다는 아내의 말이 떠올랐다. 이런 식으로 믿는 도끼에 발등을 찍힐 때는 앙금이 남지 않아서 좋다.

텃새의 텃세

우리나라 어디를 가더라도 지역 텃세라는 것이 있다. 아무래도 도시보다는 시골이 심한 편이다. 혈연, 지연으로 뭉친 곳일수록 조상이 같지 않다거나 연고가 없다거나 하면 발붙이기가 쉽지 않다. 이곳에 내려온다고 할 때도 몇몇 아는 분들이 섬나라의 텃세를 일러 주기도 했다. 몇 년이 지난 지금 나도 텃세를 부리기 시작했다.

새는 서식지를 기준으로 텃새, 철새, 나그네새로 나뉜다. 텃새는 우리나라에서만 서식하는 새이고, 철새는 계절에 따라 남쪽과 북쪽을 오가는 새이며, 나그네새는 목적지까지 가기 위해 잠시 들르는 새다. 텃새는 태어나서 죽을 때까지 한 지역에만 살다 보니 나름의 질서를 세워놓고 이를 유지하려는 경향이 있다. 매년 우리 집 제비들도 갖은 고생을 해가며 자기 집으로 찾아오는데도 이곳 참새들의 텃세에 애를 먹곤 한다.

나는 이곳에 정착하러 왔으니 텃새도, 철새도, 나그네새도 아니다. 그동안 나그네새로 살다가 텃새처럼 살기 위해 온 것이니 '변종 텃새'인 셈이다. 군대식 표현을 빌리자면 신분 전환을 하는 중이다. 주위에는 철새나 나그네새처럼 별장 살기, 연세 살기, 한 달 살기를 하는 분들이 제법 있다. 처음에는 유명 연예인의 영향을 받았다고 할 수 있지만, 요즘은 코로나나 자녀 교육의 영향이 더 큰 것으로 보인다.

나는 그동안 변종 텃새라는 이유만으로 마을 사람들로부터 후한 대접을 받아 왔다. 아무래도 죽을 때까지 얼굴을 봐야 하니 상대적으로 좋게 봐주는 것이다. 이곳에 온 이후 동네 어르신들의 환영 식사를 시작으로 직접 지은 농작물이나 좋은 나무를 공짜로 받곤 했다. 심지어 손수레나 등짐 분무기까지 빌려서 사용하기도 한다.

박힌 돌이든 굴러온 돌이든 불편함을 느낄 때, 전자로서는 질서의 흐트러짐으로, 후자는 텃세로 보는 것이다. 언제부턴가 내 눈에도 새로운 이웃의 생활방식이 다소 거슬리기 시작했다. 나는 그것들이 기존의 분위기에 어울리지 않는다고 스스로 단정해 버린 것이다. 결국 나도 텃세를 부리고 있는 꼴이다.

처음 이사 왔을 때 새로운 이웃들은 우리의 외로움을 덜어주었다. 나는 어느 순간부터 그 고마움을 잊고 있었다. 앞으로는 변종 텃새로서 오리지널 텃새, 철새, 나그네새의 조화로운 삶을 응원하며 살아가려 한다. 아울러 이맘때면 한라산 너머 구좌읍 하도리를 찾는 겨울 철새들도 맘 편히 머물다 돌아가길 간절히 기원한다.

갓 구워낸 빵

나는 오래전부터 아침 식사로 채소를 곁들인 빵을 먹고 있다. 이른 시간에 아내의 수고를 빌릴 필요도 없이 내 입맛대로 차려 먹는다. 주로 식빵을 토스터에 구워 먹지만 간혹 읍내에 나가 사 먹기도 한다. 이른 아침 제과점 한편에 앉아 갓 구워낸 빵을 먹고 있으면 오랜 추억과 더불어 새로운 하루의 시작을 보게 된다.

10여 년 전 서울에 살 때, 딸내미 친구네가 큰 사거리에서 빵집을 하고 있었다. 마침 버스 정류장 바로 옆이고 해서 자연스레 단골이 되었고, 퇴근길에 들러 한 봉지를 사면 한 두 개를 더 넣어주곤 했다. 언젠가 인근에 프랜차이즈 빵집이 들어서더니 그들은 우리 동네를 떠나고 말았다. 이런 연유로 나는 덩치 큰 제과점이 생겨도 그리 달갑지 않았다.

우리 읍내에는 동네 사람들과 오래도록 함께 한 골목 빵집이나, 나름의 비법으로 몇 개의 특별한 빵을 만들어 온 감성 빵집 정도가 있었다. 언제부턴가 무슨 바람이 불었는지 제법 이름이 알려진 제과점들이 하나둘 들어서기 시작했다. 얼마 전 우연히 프랜차이즈 제과점에 들리게 되었는데 돌하르방이 서 있고 주차 공간도 제법 넓었다. 해가 돋기 전인데도 많은 사람들로 붐비고 있었다.

이렇게 큰 빵집이 아침 일찍 문을 연다는 사실이 놀라웠다. 신선한 식빵을 사러 오신 아주머니, 마주 앉아서 빵을 떼며 조용한 아침을 맞이하는 노부부, 일터로 나갈 채비를 하고 큰 단팥빵을 먹고 있는 건장한 분들이 보였다. 그들은 몇 시에 어떤 종류의 빵이 나오는지 다 꿰뚫고 있는 듯했다.

빵은 뭐니 뭐니 해도 막 구워냈을 때가 최고다. 고등학생 시절 기숙사에 살면서 처음으로 그 맛을 알게 되었다. 저녁 점호가 끝난 후 교내 빵 공장에서 가져온 따끈따끈한 빵을 여럿이 나누어 먹는 맛은 단연 압권이었다. 학교를 졸업한 후 오랜 군대 생활을 거쳐 제주에 와서야 그 맛을 다시 만나게 된 것이다.

이른 아침 읍내 빵집에 들르면 빵의 위력이 얼마나 대단한지 실감하게 된다. 인심 좋았던 딸내미 친구네의 골목 빵집을 밀어낸 서운함 마저 희미한 기억으로 만들어 준다. 그리고 말랑말랑한 빵 한 개가 고단했던 학창 시절의 허전함을 달래 주던 유일한 양식이었음도 알게 해준다. 갓 구워낸 빵은 늘 좋은 추억만을 남겨주는 것 같다.

소확행

통상 육지 나들이를 가면 마치 선거 유세하는 사람처럼 바쁘게 돌아다닌다. 그동안 밀린 일들을 한꺼번에 해결해야 하기 때문이다. 이번에는 지긋지긋한 치과 진료까지 겹치다 보니 생각했던 것보다 일정이 더 걸렸다. 마취가 풀릴 즈음 제주에 도착했다. 동지가 지난 제주의 밤은 크리스마스 분위기로 가득 차 있었고, 집에 도착하니 많은 것들이 반겨 주었다.

밤이 깊어가는 시간임에도 공항 주차장은 많은 차로 들어차 있었다. 우산도 펴지 않고 들고 뛰게 했던 비바람은 온데간데없었다. 엉망이 된 차 유리를 닦은 후 정산소로 가니 생각보다 주차요금이 많이 나왔다. 전기차라 망정이지 그렇지 않았으면 며칠은 굶을 뻔했다. 주차요금을 반값으로 해결한 기분을 살려 시내의 휘황찬란한 밤거리를 달렸다. 낮에는 볼 수 없었던 환상적인 크리스마스 분위기였다.

오름에서 가까운 지름길로 차를 돌렸다. 양쪽으로 높이 솟은 억새들이 돌아오는 길을 반갑게 맞아주었다. 집에 도착하니 몇 개의 물건들이 주인을 기다리고 있었다. 멀리서 비행기를 타고 온 것도 있고, 손수레로 찻길을 건너 온 것도 있었다. 큰형님이 보내주신 사과 상자, 해군 후배가 보내준 달력, 이웃 과수원집 사모님이 갖다 놓으신 배추와 무였다. 그리고 우체통에는 핑크색 꽃이 그려진 예쁜 연하장이 머리를 내밀고 있었다.

아버지 같은 형님께 전화를 했더니 일찍 주무시는지 받지 않았다. 나도 초저녁잠이 많은 것을 보면 집안 내력인 듯했다. 올해는 후배 덕분에 이웃에 줄 선물 걱정을 덜게 되어 얼마나 감사한지 모른다. 아이가 있는 집은 해사 달력을, 어르신만 계신 집은 해군 달력을 돌릴 생각이다.

배추와 무는 현관에 며칠 있었던 듯했다. 내가 사전에 양사장 사모님께 말씀드린 날짜보다 늦게 내려온 탓이었다. 연하장은 지난여름 이곳에 살다가 미국으로 돌아간 준섭이네가 직접 만들어 보낸 것이다. 봉투 안에는 예쁘고 해맑게 웃고 있는 준섭, 준서의 사진이 들어 있었다. '장군님, 사모님! 건강하고 행복한 연말 보내세요…….'라는 안부의 말은 곧바로 우리집 크리스마스트리 꼭대기에 올려졌다.

오랜만의 육지 나들이는 밀린 숙제를 하고 오는 기분이다. 일을 마치고 돌아오는 길에 마주한 반값 주차요금, 도심의 성탄 분위기, 가족사랑, 전우사랑, 이웃사랑은 소확행임에 틀림없다. 특히 이국 멀리서 사랑의 꼬마 전령들이 보내준 소식은 그리움까지 한 방에 날려 준 행복 덩어리였다.

작은 송년회

시골에 정착하다 보니 알게 모르게 이웃의 도움을 받게 된다. 오늘은 읍내 음식점에서 그동안 많은 후의를 베풀어주신 두 어르신을 모셨다. 거리 두기를 지키는 가운데 일종의 작은 송년회인 셈이었다. 여든 위아래의 연세임에도 웬만한 젊은이 못지않게 열정이 넘치는 분들이다. 나는 그분들로부터 책을 통해 배우는 것 이상으로 많은 것을 배우고 있다.

처음 이사 와서 모든 것이 낯설었을 때, 그분들은 우리를 위하여 환영 만찬을 베풀어주셨다. 나무로 만든 아늑한 별채에 동네 어르신들까지 초청했다. 직접 구운 흑돼지 오겹살에 제주 생막걸리를 곁들이며 따뜻하게 맞아주셨다. 마을 전체가 참가하는 명절 대청소에 나가 쑥스러워하지 않고 일을 거들 수 있었던 것도 다 그분들 덕이다.

한 분은 평생 농사짓는 일을, 다른 한 분은 오랜 공직생활을 마치고 고향 지키는 일을 소명으로 여기신다. 누가 봐도 각자의 삶에서 성공을 거둔 분들이다. 언젠가 한 친구가 시골에 살면서 책이나 제대로 읽느냐고 내게 물은 적이 있었다. 나는 "책에서보다 이웃 어르신들로부터 더 많은 것을 배운다."라고 말했다. 사실이 그렇기 때문이다.

그분들은 평소 부부 금실이 좋을 뿐만 아니라 이웃에 대한 애정도 남다르다. 지나가다 들르면 부부가 농사일이나 정원 일을 함께하고 계신다. 이웃사랑도 지극해서 집에서 지은 농작물이며, 좋은 과일나무들을 나누어주신다.

오늘 두 어르신과의 송년회는 조촐했지만, 그 어느 때보다 의미가 있었다. 그분들은 어설픈 이방인의 삶을 살아가는 나에게 구세주 같은 분들이다. 청바지에 패션 모자를 쓰고 오실 때는 영락없는 도심의 품격 있는 신사가 되기도 한다. 아직 힘도, 고집도 있으시니 오래도록 함께 할 수 있을 것 같아 행복했다. 간단한 점심 식사에다 해군 달력 한 개만을 달랑 드린 것 같아 낯간지럽다는 생각도 들었다. 그동안에 진 빚은 살아가면서 천천히 갚겠다는 안일한 다짐을 해본다.

빙떡

오일장에 갈 때마다 빙떡 사 먹는 사람들을 보았다. 그 떡은 밀가루 반죽으로 둘둘 만 모양을 하고 있어 호떡처럼 맛있어 보이지는 않았다. 다소 궁금하던 차에 이웃집 아주머니 덕분에 그 맛을 알게 되었다. 빙떡은 평소 밍밍한 맛을 좋아하는 나에게 제격이었다. 오늘도 마실 오시면서 직접 만든 빙떡과 함께 따끈따끈한 읍내 소식을 가지고 오셨다.

빙떡은 원래 메밀가루를 반죽하여 돼지비계로 지진 전에 무숙채를 넣고 말아 만든 떡이다. 빙빙 돌려 만든다고 해서 그렇게 부르기도 한다는데 지역별로 멍석떡, 홀아방떡, 쟁기떡이라 부른다. 특히, 솔라니(옥돔)와 먹어야 제격이라고 한다. 메밀로 전을 만들어서 그런지 맛이 담백하다. 거기다 살짝 데쳐서 양념한 무의 삼삼함이 어우러져 독특한 맛을 낸다.

이웃 사장님은 입맛이 다소 까다로운 분이다. 쇠고기를

특별히 좋아하시고, 신김치를 비롯해 가리는 음식이 한둘이 아니다. 그런 분이 사모님이 만든 빙떡이라면 최고로 쳐 준다. 어릴 적 어머니가 만들어주시던 그 맛을 거의 그대로 냈기 때문이란다. 쫄깃쫄깃한 맛을 내기 위해 찹쌀이나 밀가루를 섞는 요즘의 방식보다 오리지널을 더 좋아하시는 것이다. 실제로는 이세상 분이 아닌 어머니가 그리우셨던 것이다.

가끔 솜씨 좋은 이웃 아주머니의 손길을 통해 빙떡의 제맛을 보게 된다. 평소 밀가루부침개에 고기, 강낭콩을 넣어 둥글게 만 브리토(Burrito)를 좋아 하는 나에게는 기가 막힌 대체음식이 된 셈이다. 빙떡의 모양이나 맛으로 보아 브리토의 원조가 아닐까 하는 억측을 해보기도 한다. 수협이 새로 단장했다는 사실을 비롯하여 크고 작은 동네 소식과 함께 나누어 먹는 빙떡의 맛은 단연 최고다.

읍내 우체국

우리 읍에는 두 개의 우체국이 있다. 물건을 어디로 보낼 일이 생기면 가까운 우체국을 찾는다. 지난 목요일에는 오후에 가서 책 몇 권을 부쳤다. 이곳은 본점 격이라 규모가 제법 큰 편이지만 날짜나 시간을 잘못 맞추기라도 하면 한바탕 전쟁을 치러야 한다. 그래도 그곳에 가면 시골 우체국만의 훈훈한 정을 맛볼 수 있다.

월요일 아침의 우편 창구는 경매시장을 방불케 한다. 고성이 오가는 것은 보통이다. "번호표 뽑으세요. 그게 뭐야? 왜 이제 말해!" "난 9시부터 와 있었다고." "주소 빨리 불러 주세요." "번호 나랑 바꿉시다!" 등 한바탕 난리가 벌어진다. 심지어 스티로폼으로 포장한 상자 위에 만 원짜리 지폐와 주소, 그리고 순서가 한참 남은 번호표를 올려놓고 그냥 가버리는 예도 있다.

평소 우체국 창구에는 직원의 수가 손님 보다 두세 배는 많다. 잠시만 앉아 있어도 이곳을 찾은 고객들의 용건을 대강 짐작할 수 있다. 연로하신 분들이 많다 보니 큰소리로 묻거나 답하기 때문이다. 대부분이 손수 지은 농작물이나 신선한 해산물을 보내는 일이다. 직원들은 목에 핏대를 세우는 날이 하루 이틀이 아닐 텐데 누구 하나 짜증 내지 않는다. 업무 처리는 다소 더디지만 사람 사는 냄새가 난다.

건물 뒤편에는 수집된 각종 우편물을 분리하는 창고가 있다. 여기서 우편배달부들은 자기가 맡은 우편물을 빨간 오토바이에 싣고 출발하게 된다. 그곳을 가로질러 가다 보면 간혹 낯익은 젊은이와 마주칠 때가 있다. 하루에 몇 번씩 우리 동네를 오가는 분이다. 여러 번 다른 주소가 적혀 있는 우편물을 우리 집으로 가져다 준 적이 있다. 그분은 이미 내 마음속의 '우체부 프레드'로 자리 잡은 지 오래되었다.

우체국에 들르는 날은 다소 긴장이 된다. 통상 귤을 따는 시기가 오거나 명절이라도 앞두고 있으면 더욱 심해진다. 그래서 우리는 우편물이 하루 늦어지더라도 오후에 방문하거나 부부가 함께 움직인다. 내가 주차할 동안 집사람은 번호표를 먼저 뽑을 요량으로 서둘러 올라간다. 읍내 우체국은 간혹 장날 같은 분위기도 있지만 인정이 살아있는 따뜻한 곳이다.

훌륭한 지도자, 좋은 이웃

오래전에 도청의 고위직을 마치고 고향을 지키는 분이 있다. 그분은 현재 의회의 의장 격인 마을 운영위원장을 맡고 계시면서 주요 현안을 해결하고 있다. 명절 대청소를 마치기라도 하면 내 손목을 붙들고 마을회관으로 가서 어르신들께 인사를 시켜 주는 분이기도 하다. 나는 그분을 뵐 때마다 훌륭한 지도자이자 좋은 이웃이라는 생각이 들었다.

평소 국장님은 혼자 시간을 보낼 때가 많다. 사모님이 손주 돌보러 육지에 많이 머물기 때문이다. 최근 들어 국장님이 통 안 보이신다고 했더니 얼마 전 내려온 손주들 재롱에 푹 빠진 것이다. 트램펄린(trampoline) 위에서 신나게 뛰노는 아이들의 모습이 보일 때마다 한쪽 옆에는 중절모의 멋진 할아버지가 서 계셨다.

국장님은 평소 가족사랑뿐만 아니라 이웃사랑도 남다르

다. 한번은 서울에 머무는 동안 전화가 왔다. 무화과 열매가 잘 익어서 이를 전해주러 우리 집에 갔더니 아무도 없더라는 것이다. 지금도 전화하실 때마다 마지막에 "흙 필요하면 얼마든지 가져가라."라는 말씀을 빼놓지 않으신다. 지난봄에 주신 레몬 나무가 우리 집 정원에서 많은 열매를 맺었고, 지난가을에는 대추며 늙은 호박을 감당할 수 없을 정도로 많이 주셨다.

1970년대 새마을운동이 한창일 때, 초록색 바탕의 새싹 모자를 눌러쓴 지도자의 모습은 독보적이었다. 현재 국장님은 그런 모자를 쓰지는 않았지만, 초가지붕을 슬레이트로 올리는 일 이상의 중요한 일을 하고 계신다. 전봇대를 옮기거나 신호등을 설치하는 것처럼 주로 기관을 상대하는 일이다. 최근에는 본인의 자투리땅에 원형의 돌탑(방사탑)을 쌓아 마을 어귀를 그럴듯하게 꾸미기도 하셨다.

군대든 사회든 존경받는 지도자가 있기 마련이다. 그들은 하나같이 구성원의 마음을 얻어서 가고자 하는 방향으로 힘을 모은다. 여러 면에서 본보기가 되어야 하고, 궂은일에 앞장서야 할 일이다. 국장님은 오랜 공직 경험까지 보태서 고향의 발전을 위해 애쓰시고 있다. 그분이야말로 훌륭한 지도자이자 좋은 이웃임이 틀림없다.

땜빵 골프

어떤 사람들은 내가 제주에 살고 있으니 매일 골프만 치는 줄 안다. 현실적으로 어려울뿐더러 그것만 하다가는 굶어 죽거나 집에서 쫓겨나기에 십상이다. 나의 경우 한 달에 두 번 정도를 하는데 그중에 한 번은 육지에서 한다. 간혹 이곳으로 골프 하러 오는 지인 중에 동반자가 펑크를 내는 바람에 엉겁결에 합류하기도 한다. 소위 '땜빵 골프'를 하는 것이다.

나는 군에 있을 때 체력단련의 한 방편으로 골프를 시작했다. 사실 군 골프장은 유격장을 방불케 하는 곳도 있지만 대부분은 그렇지 않다. 평소 몸 상태를 봐도 골프는 체력을 단련하기보다는 휴일에 몸이 엉망이 되지 않도록 관리하는 것으로 봐야 한다. 엄밀히 말하면 비상사태에 대비해서 멀리 가지 말고 가까이서 몸을 풀고 있으라는 얘기다.

그렇다고 내가 마음먹은 대로 골프를 칠 수 있는 것도 아니다. 태풍이 온다거나, 훈련이 있다거나, 누가 큰 잘못을 저질렀다거나, 해상에서 급한 상황이 생겼다거나, 국정감사가 있다거나, 눈이 쌓였다거나 하면 물건너간다. 어렵사리 성사된 운동일지라도 군의 특성상 수시로 빈자리가 생기기 일쑤다. 이때 누군가 땜빵으로 나가서 큰일(?)을 저지르기도 한다.

제주에 와서도 골프 할 기회가 그리 많지 않다. 아는 사람 중에 골프를 목숨만큼 중히 여기는 이가 없을 뿐만 아니라 짝을 맞추기도 쉽지 않다. 잘 알려진 골프 밴드가 있지만 아직은 생판 모르는 사람들과 운동하는 것이 익숙지 않다. 결국 몇몇 친구들과 정기적으로 하는 운동과 땜빵 골프가 전부이다 보니 스코어도 처음 시작했을 때와 별 차이가 없다.

누군가로부터 땜빵 요청이 오면 특별한 일이 없는 한 흔쾌히 받아들인다. 그나마 나를 편하게 생각해주는 것이 고맙기 때문이다. 마침 지난 주말에 서울에서 내려온 한 지인의 골프 일정에 합류하게 되었다. 모처럼 바람 없는 포근한 날씨 속에서 중년의 품격 높은 우정을 몸과 마음으로 느낀 시간이었다. 땜빵 골프는 스코어의 아쉬움에도 언제나 넉넉한 마음을 갖게 해준다.

자랑거리

시골에 사는 재미 중 하나는 소박한 것에서 행복을 찾는 일이다. 남들은 작다고 여기는 것들이 여기서는 제법 큰 자랑거리가 된다. 동네의 경사를 알리는 대형 현수막이 큰길 교차로나 공공장소의 게시대에 내걸릴 때가 있다. 조그만 읍이라서 몇 다리만 거치면 다 아는 사람이라 이를 볼 때마다 마치 내 일처럼 기분이 좋아진다.

오늘 아침 읍사무소에 가서 제20대 대통령 선거 사전투표를 했다. 오는 길에 한림 공고 앞을 지나다가 눈에 띄는 현수막을 발견했다. 이 학교 전자과 학생 4명이 해군 부사관에, 토목과 학생이 9급 공무원 시험에 합격했다는 내용이었다. 둘 다 2021년으로 되어 있지만 흰 천이 아직 깨끗한 것으로 보아 그리 오래되지 않은 듯했다.

작년 이맘때 읍내 곳곳에는 많은 현수막이 걸렸다. 이곳

출신 가수 양지은 씨가 전국을 뜨겁게 달구었던 〈미스트롯2〉에서 우승했다는 소식이었다. 그녀는 학교 폭력 논란으로 하차한 모 가수의 빈자리를 채워 결승에 진출했고 최종 우승까지 차지했다. 특히, 몸이 불편한 아버지에게 자기 신장을 기증한 사실까지 알려지면서 더 유명세를 타기도 했다.

읍내에 갈 때마다 새로운 현수막을 본다. 누가 장관 표창을 탔다거나, 사무관으로 승진했다거나, 변호사 시험에 합격했다거나, 어디 좋은 자리로 영전했다거나, 부녀회장으로 취임했다거나 하는 내용들이다. 대개 어느 집안사람이라는 사실을 꼭 포함하는 게 특징이다. 현수막 게시대가 부족하면 가로수나 큰 마트 주차장에 며칠을 묶어놓기도 한다.

팔은 안으로 굽는다고 해군 부사관을 한꺼번에 여러 명 배출했다는 현수막에 눈이 더 갔다. 실제로 시골에서 군의 간부를 배출한다는 것은 여간 어려운 일이 아니다. 한림 공고의 자랑이 곧 나의 자랑으로 여겨질 때가 종종 있다. 이사 온 이후 두 번 투표권을 행사하는 사이에 이곳 주민이 다 된 듯 느껴졌다. 동네 한복판에 걸리는 크고 작은 경사는 모두가 어려운 시절에 큰 위로가 된다.

귤밭의 산타

춘분이 지나서 그런지 귤 과수원마다 가지치기가 한창이다. 자른 가지를 잘게 부수는 파쇄기도 덩달아 굉음을 쏟아내고 있다. 우리 텃밭에는 크고 작은 귤나무 여덟 그루가 있다. 직접 손을 봐야 하는데 그동안 엄두를 못 내고 있었다. 어느 날 서울 나들이를 다녀오니 누군가가 산뜻하게 가지치기를 해 놓았다.

귤나무의 전정 또는 가지치기는 나무가 골고루 햇빛을 받게 하고 균형 있게 자라도록 만드는 일이다. 그래야 열매가 잘 열리기 때문이다. 요즘은 작업 규모가 크고 일손이 부족하다 보니 전문적으로 하는 분들이 전동식 톱을 이용하여 순식간에 해치운다. 일이 끝나면 자른 단면에 병균의 침투를 막기 위해 상처 보호제를 바른다. 마치 치약을 짜듯이 누르면서 일일이 붓질하는 모습은 정겨움 그 자체다.

우리 집 귤나무는 어린 극조생과 레드향이다. 이 중에 양 사장님이 주신 일남일호 극조생에는 제법 귤이 많이 열린다. 내가 할 수 있는 일이라곤 이웃에서 얻어온 쇠두엄을 뿌리거나 가끔 물을 주는 정도다. 관상용으로 취급해서 늦게까지 열매를 남겨놓다 보니 작황이 좋을 리가 없다. 그나마 가지치기라도 제대로 해야 하는데 나로서는 도저히 할 수 없는 일이다.

한참 고민하던 차에 나도 모르게 누가 가지치기를 끝내버린 것이다. 늘 조언해주시던 길 건너 과수원 사장님은 본인이 아니라며 펄쩍 뛰셨다. 집사람은 아무래도 작년 봄에 귤나무를 주셨던 이웃 조 사장님일 거라며 나름의 촉을 발동했다. 언젠가 그분에게 '일하실 때 우리 나무도 같이 손 봐 달라'고 농담 반 진담 반 부탁한 기억이 떠올랐다.

일이 벌어진 지 보름이 지나서야 전화를 드렸다. 예상대로 순순히 자백하셨다. 담 너머로 보니 손을 봐야 할 것 같아서 그냥 했다는 것이다. 우리 집 텃밭 가까이서 귤밭을 하시지만 대낮에 남의 집 담을 넘어오기란 쉽지 않은 법이다. 본인이 준 귤나무가 주인을 잘못 만나 숨넘어가는 꼴을 차마 볼 수 없었던 것이다.

그분은 때가 되면 남의 돌담을 타고 와서 감쪽같이 약을 치거나 가지치기하는 귤밭의 산타클로스인 셈이다. 이번 여름에는 온실 과수원을 만들고 아예 여기서 지낼 예정이라고 한다. 다음에 오실 즈음에는 꼭 지키고 서 있다가 시원한 제주 생막걸리 한 사발 대접할 작정이다.

늦게 찾아온 봄

우리 마을에도 드디어 봄이 왔다. 며칠 전부터 아이들의 뛰노는 소리가 크게 들리기 시작한 것이다. 두 해 만에 사회적 거리두기가 해제되었으니 두 번의 봄을 그대로 지나쳐버린 셈이다. 이곳에서의 사계절은 언제나 아이들로부터 시작된다.

새로 형성된 우리 동네는 늘 시끌벅적했다. 길 건너와는 달리 열 명 정도의 귀엽고 예쁜 아이들이 있기 때문이다. 그들은 수시로 떼를 지어 다니며 킥보드를 타거나 '경찰과 도둑' 놀이를 하곤 했다. 어느 날 예기치 않은 불청객이 찾아오면서 긴 겨울을 맞이하게 되었고, 간간이 오가는 노랑 미니버스만이 유일한 소식통이었다.

이른 아침부터 길 건너 과수원집에서 소의 울음소리가 끊이질 않았다. 인사드린 지도 오래되어 잠시 들렀더니 사모님이 "발정이 나서 저래요."라며 한마디로 정리하셨다. 애써 어색한 감정을 숨기고 돌아오는데 길바닥에 평소 보이지 않던 그림과 글씨가 보였다. 사방치기(땅따먹기) 놀이판, 카시오페이아 별자리와 북극성이 선명하게 그려져 있고, '2022 챔프'라는 큰 글씨도 보였다.

코로나 초기에는 이를 피하고자 이사 온 가족뿐만 아니라 출국을 앞둔 모리셔스 가족도 있었다. 이후 모든 것이 멈춰버렸고 한참이 지나서야 그들은 제자리로 돌아갈 수 있었다. 누군가 그 빈자리를 계속 채워 왔지만, 세상의 큰 소용돌이는 이전의 평화롭던 시골 마을로 완전히 되돌리지 못했고 크고 작은 생채기를 남겼다.

지금도 사회적 거리두기가 끝났다고 코로나의 위험성이 없어진 것은 아니다. 그런데도 신나게 뛰노는 아이들의 모습에서 모든 것이 종점을 향하고 있음을 알 수 있다. 곧 운동회가 열린다고 하니 달음질 연습도 이어질 듯하다. 우리 마을의 봄은 아이들이 땅바닥에 희망을 그리면서 이렇게 시작되었다. 올봄은 평소 봄꽃이 필 때보다 다소 늦게 도착한 셈이다.

솟대

이웃 동네에 양계업을 하는 고교 동창이 살고 있다. 우리 집에 들를 때마다 정원에 서 있는 솟대를 몹시 부러워하던 친구다. 얼마 전 올레를 걷는 중에 우연히 솟대를 만들 만한 나무막대기를 발견했다. 그동안 그의 도움을 받기만 해서 늘 미안한 마음이 있었는데 기회가 온 듯했다. 서둘러 바위를 붙잡고 내려갔다.

그동안 올레를 다니면서 남들처럼 구경도 하고 사진도 찍고 맛집에 들러 밥을 먹기도 했지만, 별도로 하는 일이 있다. 다름 아닌 바닷가에서 솟대의 새를 만들 수 있는 나무토막을 찾는 일이었다. 통상 땅에서 구하는 게 일반적이지만 나는 바닷물에 잠겼다가 땡볕에 그을린 단단한 놈이 필요했다. 그래야만 제주의 모진 비바람을 견딜 수 있어서다.

며칠 전 집사람과 함께 저지예술정보화마을에서 한림항

으로 이어지는 올레를 다녀왔다. 긴 들판의 농로를 따라 한참을 걷다 보니 월령포구에 다다랐다. 노란 선인장 군락지를 지나던 그녀가 "저걸로 상훈 씨 솟대하면 안 돼요?"라고 소리쳤다. 검은 바위틈 사이로 나무새 두 마리 만들 정도의 잘 영근 나무가 보였다. 오랜만에 득템한 것이다.

집에 오자마자 곧장 작업에 들어갔다. 이리저리 연장을 흩어놓고 나무를 다듬는 중, 잠시 들르겠다는 그 친구의 전화를 받았다. 초란이 막 나오기 시작했다며 초란과 감귤란을 각각 두 판씩 가져온 것이다. 결국 서프라이즈 하려다 들통난 꼴이 되었다. 친구의 얼굴에는 '지금 달걀을 갖다주길 잘했군!' 이라고 쓰여 있었다.

육지를 다녀오고 나서야 하던 작업을 마무리할 수 있었다. 길 건너 숲에서 구해 온 곧은 대나무 장대 끝에 나무새를 올렸다. 환갑이 되었어도 유달리 떡과 곶감을 좋아하는 그는 나의 투박한 선물을 기쁘게 받아주었다. 솟대는 지금 친구네 대문에 우뚝 서서 그의 전화 컬러링대로 "두 배가 돼, 두 두 배가 돼."를 되뇌며 양계장의 발전과 가정의 평안을 기원하고 있다.

장군님 해결사

우리 마을에는 여러 명의 아이가 살고 있다. 요즘 시골에서는 보기 드물지만 새로 생긴 주택단지라 가능한 일이다. 코로나 거리두기가 끝나면서 아이들이 하나둘씩 밖으로 나오더니 원형 트랙 모양의 아스팔트 위에 그림을 채워 넣기 시작했다. 어린이날을 하루 앞두고 우리 집 우체통 앞에도 예쁜 장군님 부부가 나란히 그려져 있었다.

여기에 사는 아이들은 나를 '장군님'이라 부른다. 이곳에 잠시 놀러 오거나 처음 이사 온 아이들도 처음에는 할아버지라 부르다가 얼마 지나지 않아 호칭을 통일한다. 그전에는 공이 담장 밖으로 나가거나 뱀이 나타나거나 하면 나를 찾았는데 최근에는 유모차를 밀어 달라고도 한다. 그들은 장군님을 119가 하는 일 말고는 다 할 줄 아는 사람으로 보고 있는 것이다.

저녁 산책길에 여섯 살 난 루안이와 마주쳤다. 자타가 인정하는 최고의 공주과로 우리 집 앞에 '장군님과 여장군님 그림'을 그려 놓은 아이였다. 여장군님은 집사람을 말하는 듯했고, 두 개의 '군'자가 거꾸로 적혀 있었다. 아이 엄마는 내 앞에서 '급한 일이 생기면 장군님께 달려가라'라는 집안 매뉴얼을 강조했다. 둘 다 알고 있으라는 얘기였다.

며칠 전 이웃 과수원 조 사장님을 만났다. 노지 귤밭을 비닐하우스로 바꾸기 전에 소뒤엄을 뿌렸으니 냄새가 나더라도 양해해 달라는 부탁이 있었다. 오다가다 만나는 이웃들에게 이를 알리면 "시골 냄새라 좋다."라고 대답해준다. 물론 아이들은 그런 것에 신경을 쓰지 않는다. 사장님은 나를 통해 자칫 골치 아플 수 있는 민원을 해결한 셈이었다.

지난해 이곳에서 한 달 살기를 하다 간 여성분이 있었다. 그분은 자신의 블로그에 "장군님이라 불리시는 내외분과의 만남도 인상적이었다."라고 써 놓았다. 다른 사람들의 눈에는 다소 생소하게 보일지 몰라도 우리 동네에서 장군님은 만능 해결사로 자리를 잡아가는 모양새다. 문제는 그들이 내가 뱀을 얼마나 무서워하는지 모른다는 사실이다. 미력하나마 이웃에 도움이 된다면 내가 여기에 있는 이유가 된다.

따뜻한 앵두

오후에 몸이 노곤하여 잠시 눈을 붙였는데 핸드폰이 울렸다. 길 건너 국장님이었다. 앵두가 익었으니 얼른 따다 먹으라는 내용이었다. 비닐봉지와 토시를 주섬주섬 챙겨서 집을 나섰다. 열매가 얼마나 많이 달렸던지 가지마다 은행 꼬치처럼 다닥다닥 붙어 있었다. 아내와 앵두를 따면서 모처럼 옛이야기를 나눌 수 있었다.

4월 초 오일장에서 앵두나무 한 그루를 사서 배수가 잘되는 곳에 심었다. 집사람은 앵두를 워낙 좋아하는 데다가 올여름에 맛을 보고 싶어 하는 눈치였다. 그래서 흰 꽃이 제법 붙어 있는 개량종 묘목을 골랐다. 뿌리에 흙이 단단히 붙어서 그런지 얼마 후 꽃이 지고 불그스름한 열매가 송골송골 맺기 시작했다.

우리 집 앵두가 익기를 학수고대하던 즈음에 국장님의

연락을 받은 것이다. 텃밭에 물주기를 계속하시면서 "열매를 가만히 두면 새들이 다 따먹게 되고, 솎아주어야 내년에도 많이 달린다."라고 말씀하셨다. 옆에 서 있는 살구나무와 견줄 정도로 큰 앵두나무였다. 얼마나 많이 달렸는지 한 손으로 가지를 잡고 다른 손으로 훑어야 할 정도였다.

반대쪽에서 열심히 작업하던 집사람이 앵두가 좀 작은 것 아니냐고 물었다. 앵두가 작은 것이 아니라 우리가 커서 그렇게 보이는 거라고 대답했다. 사실 어릴 적 시골집 장독대 뒤에 두 그루 정도가 있었는데 제법 큰 열매가 달렸다. 학교 가기 전에 한 번, 다녀와서 한 번, 놀다가 수시로 들르면서 크고 달콤한 열매를 따 먹곤 했다.

최근에 비가 안 오고 강한 볕이 지속되다 보니 열매가 좀 일찍 달렸던 것이다. 통상 꽃 필 때부터 살구나무와 보조를 맞추는데 올해는 한발 빠른 셈이다. 대문을 나서자 "또 따러 와. 옆 살구도 익으면 따가고……." 라는 국장님의 따뜻한 말씀이 들렸다. 청와대 관저 개방 뉴스를 보면서 한 손으로 앵두 서너 개를 입에 털어 넣고 씨를 발라냈다. 옛날보다 크기가 작고 덜 달아도 국장님의 따뜻한 마음이 가득한 앵두였다.

새로운 이웃

얼마 전 중년 부부가 이웃으로 이사를 왔다. 괴나리봇짐 정도의 살림살이로 보아 여기에 아주 눌러앉을 것 같지는 않았다. 오자마자 정원부터 손질하는 모습이 영락없는 시골 분들이었다. 지나는 길에 인사를 건넸더니 직장 때문에 오셨다고 했다. 그분들의 마음이 따뜻하고 부지런하다는 사실을 아는 데 얼마 걸리지 않았다.

알고 보니 그들은 나의 고향인 청주에서 오신 분들이었다. 나보다 약간 연배가 높고, 부부 금실이 좋아 보였다. 30여 년 다니던 직장이 이전하는 바람에 내려온 것이었다. 꽤 멀리 있는 시장을 걸어서 다녀올 만큼 건강해 보였다. 며칠 전 육지를 다녀왔다면서 삶은 옥수수와 꽃나무 몇 그루를 가져다주셨다. 오랜만에 맡아보는 고향 냄새였다.

아주머니는 남편이 출근하기 무섭게 정원에서 잡초 뽑는

일을 시작으로 공용 도로까지 청소하신다. 주택 단지 전체를 관리하는 사람이 없다 보니 그동안은 다 같이 사용하는 공간에 대해 소홀할 수밖에 없었다. 특히, 젊은 가족들이 많이 살기 때문에 누가 선뜻 나서서 이래라저래라 말하기 어려웠던 것도 사실이었다.

우리와는 서로 왕래하면서 직접 지은 작물이나 꽃나무, 음식 등을 나누고 있다. 오늘 아침에도 남편 되는 분이 붉은 우럭은 처음 본다면서 몇 마리를 들고 오셨다. 한림에 있는 수협 위판장의 새벽 경매시장에 다녀오는 길이라고 했다. 코로나 이후 달라진 시장 분위기를 전하면서 민어가 제철이라는 좋은 정보도 알려 주었다.

이곳으로 내려온 지 세 해가 지났다. 새로운 일이 생기기보다는 기존의 일이 반복되는 편이다. 여기다가 외로움이 불쑥 고개를 내밀기라도 하면 힘들어지기 마련이다. 이러한 때 새로운 이웃을 만난다는 것은 큰 힘과 위로가 된다. 특히, 고향에서 오신 분들은 더욱 그렇다. 외로움은 이웃과 더불어 작은 것을 나누며 서로의 빈 곳을 채워갈 때 멀어지는 감정이기 때문이다.

비 오는 날의 가족사진

밤새도록 많은 비가 내리더니 날이 밝아지면서 빗줄기가 약해졌다. 아침나절에 창밖을 보니 여섯 살배기 루안이가 우산도 없이 우리 집 앞을 서성이고 있었다. 무엇인가를 등 뒤에 감추고 이쪽을 힐끗힐끗 쳐다보는 모습이 내게 볼 일이 있는 듯했다. 우산이라도 주어야겠다는 생각에 현관 밖으로 나갔다.

그녀는 나를 보자마자 쑥스러워하는 표정으로 다가오더니 조그맣게 접은 종이를 내밀었다. 비가 들이치지 않는 처마로 들어와 조심스레 펴보니 다섯 가족을 묘사한 그림이었다. 언뜻 멋쟁이 삼 대가 한 집에서 나름의 포즈를 잡고 있는 분위기였다. 얼마 전 집사람이 보관해 오던 스케치북을 선물로 주었는데 그것을 잊지 않고 있었던 것이다.

그녀는 자기네 세 식구에다 우리를 함께 넣어 그렸다고

설명했다. 우리 부부를 '여 장군님, 남 장군님'으로 써 놓았는데 아직도 '군'자를 뒤집어놓았다. 우리말 말고도 불어, 일본어를 할 줄 아는 아이다 보니 헷갈리는 게 당연했다.

그녀는 자기 가족이 바라보는 가운데 집사람을 가장 돋보이게 그렸다. 드레스에 화려한 꽃무늬를 장식하고 몇 개의 하트까지 넣은 것을 보면 지난번 선물에 대한 고마움을 표현하고 싶었던 것이다. 나는 팔짱을 낀 듬직한 모습이었다. 조금 건방져 보이기는 하지만 앞으로 어려운 일 생기면 잘 해결해 달라는 무언의 요청으로 보였다.

비 오는 일요일 아침에 귀한 그림을 선물로 받았다. 그녀가 우리에게 할 수 있는 가장 품격 있고 정중한 답례였다. 읍내 나가는 길에 액자를 사서 장식장 위에 세웠다. 우리 집에 새로운 가족사진 하나가 더 생긴 셈이었다. '비 오는 날의 수채화' 가사처럼 이 도화지 위의 그림을 볼 때마다 우리 가족이 더 행복해 졌으면 좋겠다.

미소

프랑스 루브르 박물관에 가게 되면 꼭 보고 싶은 것들이 있다. 그중 하나가 레오나르도 다빈치의 모나리자다. 누가 그림에다 케이크를 던졌다고 해서가 아니라 그 오묘한 미소를 직접 느끼고 싶기 때문이다. 최근 들어 이런 마음을 달래주는 어린 모나리자를 자주 본다. 바로 이웃 세 살배기 지윤이의 해맑게 짓는 웃음이다.

그동안 코로나로 주춤했던 낯익은 세상이 빠르게 제자리를 찾아가고 있다. 아이들도 예외는 아니다. 학교 수업 및 방과 후 활동으로 그들의 모습이 뜸해졌다. 누구는 내년에 좋은 학교에 들어가기 위해 이곳을 떠날지도 모른다. 큰 소리로 인사하던 아이들의 빈자리를 지윤이 또래가 조용한 미소로 채워가고 있다.

그 아이는 여기 이사 올 때만 해도 갓난아기였다. 엄마 품에서 놀다가 유모차를 타더니 어느 날 킥보드로 제법 달리기 시작했다. 한번은 화단에서 넘어져 병원을 다녀온 적이 있었다. 아빠 어깨에 몸이 축 처져 들어가던 모습이 참으로 안쓰러웠었다. 지금은 우리를 볼 때마다 백만 불짜리 미소를 지으며 인사를 한다.

나는 고등학생 시절부터 군대 분위기 속에서 살았다. 그런데도 미소를 잃지 않으려고 애쓴 편이었다. 20여 년 전 인천에 있는 함대 작전상황실장을 맡으면서 모든 것이 없었던 일이 돼버렸다. 한 후배로부터 "부검을 많이 봤는데 선배님 낯빛이 그와 비슷합니다."라고 위로 아닌 위로를 받은 적도 있었다. 북쪽과 한바탕 전쟁을 치른 후 한참을 지나서야 웃음을 되찾을 수 있었다.

아이들의 미소는 기분이 괜찮다는 뜻이다. 어디 불편하면 얼굴을 찡그리거나 울고 만다. 자식을 키워 본 사람은 다 아는 얘기다. 나도 이곳에 내려온 이후 얼굴이 많이 좋아졌다는 말을 듣는다. 새로운 삶이 마음에 여유를 준 모양이다. 아이든 어른이든 미소는 결국 행복한 마음을 소리 없이 얼굴에 비추는 거울인 셈이다.

한밤중의 전화

얼마 전부터 상대방과 대화 없이 끝나는 전화를 받기 시작했다. 바로 길 건너 어르신으로부터 걸려오는 전화다. 여러 번 대답을 해도 대꾸 없이 끊어진다. 결국 잘못 누르신 것이다. 이런 일이 한밤중에 생기기라도 하면 이야기는 달라진다.

오늘 오전 세 시경 핸드폰에서 아들 노랫소리가 울렸다. 가슴이 철렁했다. 이웃 어르신 전화였다. 여느 때처럼 아무 말 없이 끊어졌고, 다시 전화를 해도 받지 않으셨다. 여든이 넘으면서 귀가 어두워지고 손가락이 말을 잘 듣지 않는다는 그분의 평소 말씀이 떠올랐다.

자다 받은 전화에 놀라기도 했지만 어르신이 걱정 되어 잠이 오지 않았다. 119가 코앞에 있으니 급한 일이면 그쪽으로 먼저 연락이 갔을 거라 생각했다. 날이 새자마자 잠시 들렀다. 진돗개 소리가 나자 사모님이 창문을 열고 "이 양반이

번호를 잘못 눌렀어요."라고 대변하는 가운데 당사자는 쥐구멍이라도 있었으면 하는 눈치였다. 나는 아무 일 없으신 것에 안도하고, 전에 빌려온 나무 톱을 드리고 집으로 돌아왔다.

어르신의 전화 덕분에 좋은 일도 있었다. 비록 벨소리였지만 멀리 떨어져 있는 아들 목소리를 들을 수 있었고, LPGA 크로거 퀸 시티(Kroger Queen City) 챔피언십 최종 라운드 TV중계도 보았다. 비록 명절 연휴 마지막 날이었지만 이웃에 인사도 드린 셈이었다. 〈양치기 소년〉의 거짓말이 아님을 알기에 밤중의 전화에 더욱 귀를 기울여야 할 듯싶다.

조지 할아버지

나는 가끔 조지 할아버지 부부가 생각날 때가 있다. 그 분들은 20년 전 우리가 미국 뉴포트 로드아일랜드(New Port, Rhode Island)에 있을 때 옆집에 살던 분들이다. 늘 댁에 계시다 보니 우리 집으로 드나드는 사람이며 우편물까지 다 지켜보신다. 낯선 이국땅에서 따뜻한 이웃이자 부모가 되어준 분들이다. 이곳에 살다 보니 나도 그분들처럼 살고 싶다는 마음이 생겼다.

조지 할아버지의 유일한 취미는 각종 시계를 수집하는 일이다. 평생 모은 시계가 지하실을 포함하여 온 집안에 가득했다. 크고 작은 초침 소리에 정신없었지만, 한쪽 벽에 붙어 있던 소똥 시계는 아직도 기억이 생생하다. 그 댁을 처음 방문했을 때 나도 재봉틀 시계를 선물했다. 우리가 옆집으로 이사 가면서부터 그분은 '옆집 차고지 앞 눈 치우기'라는 취미가 하나 더 생겼다.

조지 할머니는 일주일에 두 번 정도 우리 집을 방문하셨다. 공짜로 아이들에게 책을 읽어주시기 위해서다. 아이들과 함께 도서관에 가서 직접 책을 고르기도 하고, 열 걸음 남짓한 거리에도 고운 옷에 빨간 립스틱을 바르고 오셨다. 주일에 교회 가시는 것 빼고는 유일한 외출인 셈이었다. 아이들을 바라보시는 눈길과 직접 구워 오시는 쿠키는 친할머니 이상의 사랑을 느끼게 해주었다.

귀국하기 하루 전날에 그분들을 집으로 초대했다. 극구 햄버거는 본인들이 준비하시겠다며 직접 만들어 오셨다. 저녁 식사를 하는 내내 말씀이 없으시고 눈도 잘 마주치지 않으셨다. 결국 헤어질 즈음에 내가 사고를 치고 말았다. "자식을 향한 엄마의 마음은 한국이나 미국이나 똑같다."라고 말해버린 것이다. 고상하게 품위를 유지하시던 조지 할머니는 그만 울음을 터뜨리셨다.

아무래도 집에 있는 시간이 많다 보니 이웃에 관심을 갖게 된다. 낯선 사람이 다녀간다거나 아이들이 위험하게 논다거나 하는 일들이다. 간혹 이사 가는 집이 생기기라도 하면 그들과 함께 식사를 한다. 그럴 때마다 조지 할아버지가 생각난다. 언젠가 다른 곳으로 이사 가셨다는 얘기를 들었다. 아마도 늘 말씀하시던 딸내미 집으로 들어가신 듯하다. 여기 사는 동안 그분들처럼 이웃과 따뜻한 마음길을 이어가고 싶다.

세상의 물길

트멍 항해의 시작

제주특별자치도 서울본부로부터 『트멍에 살어리랏다』 작가를 찾는 전화가 왔다. '서울에서 만나는 제주 여정'의 일환으로 자연·인문학 강의를 해 달라는 내용이었다. 나는 워낙 트멍(구멍, 틈새)이 많은 터라 나의 삶을 누군가와 나눈다는 자체가 두렵게 느껴졌다. 마침 서울에 올라갈 일이 생겼고, 그동안 코로나로 중단됐던 행사를 다시 시작한다고 하니 한 번 해보겠다고 말했다.

군에서 설렘과 두려움을 동시에 가졌던 순간은 뭐니 뭐니 해도 함장이 되어 첫 항해를 나설 때였다. 마지막 홋줄이 부두를 떠나기 무섭게 울려 퍼지는 보슨 파이프(boatswain pipe) 소리와 출항 방송, 이어지는 기적은 웅장하며 위엄이 있었다. 웬만한 사람은 완전히 기가 죽을 정도지만 한 사람에게는 힘찬 출발을 알리는 축복의 신호이기도 했다. 책을 출간한 후 처음으로 독자들과 마주한다는 사실이 나에게는 그런 의

미로 다가왔다.

강의는 서울 여의도에 있는 하우스(How's) 카페에서 도외에 거주하는 청·장년을 대상으로 진행되었다. 이곳은 일종의 정치 카페로서 정치에 관심 있는 사람은 누구나 자유롭게 이야기를 나눌 수 있는 공간이었다. 실제로 카페, 서적 그리고 토론의 장이 잘 어우러진 곳으로, 그리 넓지 않았지만, 빈자리가 없을 정도로 다 채워졌다. 이곳에서 각종 행사를 하던 정치인들의 모습을 방송으로 몇 번 본 적이 있던 터라 시작 전부터 은근히 걱정되기도 했다.

나는 시골에서 살았던 10여 년을 제외하고 뜨내기처럼 전국을 돌아다니다 보니 고향의 의미가 없어졌다. 아내와 의논한 끝에 '고향은 내 마음이 머무르고, 이웃과 더불어 행복하게 살 수 있는 곳'으로 정하게 되었다. 결국 제주를 택했고, 마음이 가는 대로 그냥 평범하게 살아가고 있을 뿐이었다. 내가 전하고 싶었던 말은 '가장 큰 적은 외로움이고, 가장 좋은 무기는 진심이다'라는 것이 전부였다. 많은 분이 공감해주었다.

제주에는 나보다 정착을 잘하는 분들이 얼마든지 있다. 이번은 그저 보잘것없는 책 한 권이 만들어낸 펜의 위력이었던 셈이다. 나의 삶을 궁금해하는 독자들과 만났다는 것은 내게는 큰 영광이었다. 주로 제주의 로망을 꿈꾸는 분들이 참석

했겠지만 '트멍의 두려움'보다는 '트멍의 행복'을 맘껏 누리기를 응원했다. 트멍의 첫 항해가 남기고 간 설렘과 두려움의 긴 항적이 머릿속에서 좀처럼 지워지지 않는 날이었다.

말이 다른 벗과의 인연

적도에 걸쳐 있는 제법 큰 섬나라에 오랜 세월을 함께 한 형제 같은 친구가 있다. 며칠 전 이른 아침 전기 불꽃 모양의 머리에다 속옷 차림으로 있을 때 그로부터 영상통화가 걸려 왔다. 평소에는 주로 SNS나 일반통화로 안부를 주고받았는데 뭔가 특별한 일이라도 생긴 모양이었다. 알고 보니 엄중한 상황에서 내가 진짜 잘 지내고 있는지 얼굴을 확인할 겸 오랜 미국 친구의 연락처를 전하기 위해서였다.

우리는 1980년대 중반 위관장교 시절에 미국 샌디에이고(San Diego)에서 함께 공부했다. 외국군 장교 중에 우리 둘은 가장 끗발이 없다 보니 칠판 지우기, 휴지통 비우기, 테니스장 예약하기 등 궂은일을 도맡아 했다. 그리고 당시에는 승용차를 빌릴 형편이 안 될 때라 다 같이 걸어서 식료품점에 다녀오곤 했다. 간혹 내가 먹고 싶은 망고스틴을 만지작거리기라도 하면, 그 친구는 "우리나라에 오면 한 트럭을 사 주겠다."라며 극구 말리곤 했다. 우리의 인연은 이렇게 허드렛일과 망고스틴으로부터 시작되었다.

그 후 편지나 엽서로 안부를 주고받다가 2009년 겨울 독도함을 몰고 그의 나라를 방문하면서부터 본격적인 만남이 이어졌다. 자카르타 항에 정박 중, 전방 지휘관이던 그가 특별 휴가를 내서 나를 찾아왔다. 20년 만에 만난 첫 인사가 고작 "나 약속 지켰지?" 하면서 과일 상자를 내미는 것이었다. 그의 부관이 땀을 뻘뻘 흘리며 들고 있던 망고스틴은 옛날에 약속했던 한 트럭보다 더 소중한 것이었다.

그는 얼마 지나지 않아 해군 최고책임자가 되어 한국을 여러 번 방문했다. 바로 내 친구 아데 수판디(Ade Supandi) 제독이다. 그가 올 때마다 나는 직접 마중하러 공항에 나가기도 했고, 공식적으로 또는 비공식적으로 만남을 가져왔다. 둘만 있으면 유학 시절 동료들과의 추억, 망고스틴에 얽힌 전설을 거의 무용담 수준으로 주고받았다. 전역 후에는 일 년에 한 번 정도 그곳에 가서 얼굴을 보았는데 지금은 코로나로 엄두를 못 내고 있다.

그와 통화하면서 미국에 있을 때 우리들의 안내를 전담했던 '버크(Burke) 중위'의 연락처를 알게 되었다. 그는 우리의 특별한 친구로 어리바리한 외국군 장교들에게 구세주나 다름 없었다. 곧바로 페이스북으로 근황을 확인하니, 현재 버지니아에서 선생님을 하면서 해당 지역의 대의원(delegate)으로 활동 중이라고 했다. 그 역시 전역하고도 우리들의 이야기를 기억하고 있었으며, 멋진 삶을 이어가고 있었다.

나는 남들과 별반 다르지 않게 인연을 소중히 여긴다. 다만, 생각이 같아야 더 좋은 친구가 될 수 있다는 믿음이 하나 더 있을 뿐이다. 그러다 보니 관계가 오래되거나, 나이 차이가 크거나, 나라가 다른 친구들이 제법 있는 편이다. 나는 그들과의 특별한 만남을 통해 '좋은 인연은 그 자체로도 소중하지만 뜻을 같이할 때 더 익어간다'라는 사실을 깨닫고 있다. 영상 통화 내내 코로나를 피해 한적한 집으로 왔다는 그를 보면서, 순박한 섬나라를 뒤덮고 있는 먹구름이 하루빨리 걷어지길 기원했다. 올여름이 가기 전에 그곳에 가서 그리운 벗과 망고스틴을 다시 나눌 수 있기를 간절히 희망한다.

가난한 부자

코로나의 엄중함이 지속되다 보니 집에서 핸드폰을 만지작거리는 빈도가 잦아졌다. 우연히 인터넷을 뒤지다가 눈에 익은 한 사람을 발견했다. 그는 남미 최대 통신회사인 아메리카 모빌 회장으로 하루에 10억 원씩 161년간 쓸 수 있을 정도로 재산이 많다는 카를로스 슬림(Carlos Slim)이었다. 그렇게 큰 부자도 코로나를 피하지 못했다는 내용이었다. 나는 약 10년 전 그와의 짧은 만남을 통해 가난한 부자에 관한 이야기를 들은 적이 있다.

2012년 4월경 벚꽃이 온천지를 덮고 있을 때 어느 지역의 군(軍) 책임자로서 잊지 못할 만찬을 주관하게 되었다. 슬림 회장을 비롯하여 국제올림픽위원회(IOC) 위원이자 국제사격연맹 회장인 라나(Vazquez Rana) 회장, 창원시장, 주요 지휘관 등을 초청한 것이다. 이는 시장님이 세계사격대회를 이곳에 유치하기 위해 협조를 부탁해서 이루어진 행사였다. 나는 그 덕분에 트럼프(Donald J. Trump) 전 미국 대통령보다 4년 앞서서 그와 식사를 하게 되었다.

슬림 회장은 미국 경제 전문지 포브스가 선정한 '2012 세계의 부호' 순위에서 순자산 690억 달러로 3년 연속 세계 1위에 오른 사람이다. 그런데 그는 내 것 보다 한참 뒤처지는 구닥다리 핸드폰을 사용하고 있었다. 만찬 전부터 이리저리 다니면서 사진을 찍거나, 가끔 누군가와 큰 소리로 통화를 했다. 세계 최고의 부자는 둘째 치고 통신사 회장에 어울리지 않은 핸드폰의 사용과 자유분방한 몸놀림에 고개를 갸우뚱하지 않을 수 없었다.

그 이유를 아는 데는 얼마 걸리지 않았다. 그는 평소 검소한 생활 습관을 가지고 있었다. 어려서부터 그는 아버지의 철저한 교육의 영향으로 흔히 슈퍼 리치(super rich)의 필수품이라는 요트도 가지고 있지 않으며, 운전도 스스로 한다고 했다. 정작 내가 깊은 인상을 받았던 것은 '돈만 많은 사람이 제일 가난하다.'라는 그의 철학이었다. 돈이 아무리 많아도 좋은 가족, 이웃, 친구, 건강이 없다면 가난한 부자일 수밖에 없다는 소리로 이해되었다.

세계 최고의 갑부였던 그가 코로나에 걸려 죽음을 상상했을 때, 자신이 가장 가난하다고 생각했을지도 모른다. 지금은 요트를 샀는지, 운전기사를 고용했는지 알 수 없지만, 건강이 회복되어 정상적인 생활을 하고 있다니 다행이다. 나는 가끔 부자가 되고 싶은 마음이 생길 때가 있다. 평소 운명의 큰 흐름을 믿는 편이다 보니 매번 마음의 부자가 되기로 결론을 내린다. 내 주위에는 사업 초창기의 어려움을 극복하고 쟁쟁한 경쟁을 통해 나름의 성공을 거둔 친구들이 있다. 현재로선 그들이 가난한 부자가 되지 않도록 좋은 친구가 되어주는 것도 괜찮을 듯싶다.

양재천의 깊은 가을

이달부터 '위드 코로나'가 시행되었다. 친구들과의 모임을 앞두고 예상치 않은 일정이 생기는 바람에 일찍 육지로 올라왔다. 머무르는 기간이 하루 이틀 정도면 괜찮은데 일이 길어지다 보니 다소 힘이 들었다. 제주에서 걷던 습관을 살려 가까운 양재천을 찾았다. 도심의 자연 속에서 나름의 평안을 얻었을 뿐만 아니라 일상을 향한 희망을 볼 수 있었다.

물을 중심으로 양쪽에는 고즈넉한 산책길이 이리저리 이어져 있었다. 이전과는 다르게 많은 사람으로 붐볐다. 밝게 뛰노는 아이들의 모습이 새롭고, 조용한 야외 음악회를 감상하는 관객들의 표정도 편안해 보였다. 곳곳에서 간식을 놓고 담소를 나누거나, 좁은 길을 서로 마주 보며 걷는 모습이 새삼스러웠다. 얼마 전까지 강시처럼 한쪽으로만 걷던 일들이 마치 옛이야기가 되어 버린 듯했다.

한 어두운 다리 밑을 지나칠 때 홀로 스텝을 밟고 있는 노인을 보았다. 손을 잡아주는 이가 없어도 양팔을 다소곳이 올리고 마음속 리듬에 맞추어 이리저리 움직이고 있었다. '서울 찍고 대전 찍고……' 하려고 부산 가는 길목을 택했는지, 아니면 강남의 여느 회관처럼 반질반질한 바닥을 골랐는지 알 수는 없다. 어려운 시기에도 멈출 수 없는 고독한 낭만임이 틀림없었다.

낙엽을 밟으며 걷기 시작하여 냇가의 좁은 길로 들어서면서 속도를 냈다. 간혹 만나는 갈대나 핑크 뮬리는 가을이 점점 깊어감을 알려 주었다. 여울의 얕은 곳에 놓여 있는 징검다리를 건너가서 마음으로 찍어 둔 의자에 앉았다. 디딤돌 사이의 거친 물살과 조용한 물가에 비친 황화코스모스가 거친 세월을 지나고 있음을 보여주었다.

아침에 일찍이 일어나면 딸아이가 오래도록 아껴 놓았던 차를 맛보며 서울의 하루를 시작한다. 양재천에 들르는 날이면 평안과 낭만, 그리고 모든 것들이 정상으로 돌아가는 희망을 본다. 때론 옛 동료와 마주치는 행운을 얻기도 한다. 다음번에는 여인의 손을 부드럽게 받쳐 든 노인의 품격 있는 모습과 인류의 불청객에 맞서 행복을 찾아가는 시민들의 가벼운 발걸음을 보고 싶다.

제자와의 재회

오늘은 귀한 손님이 찾아오는 날이라 이른 아침부터 몸과 마음이 분주했다. 다행히 일 년 중 눈이 가장 많이 내린다는 대설이 지났는데도 날씨가 포근했다. 모처럼 머리를 가지런히 하고 그동안 옷장에 숨겨 놓았던 옷을 꺼내 입었다. 집사람에게 일일이 점검을 받고 나서야 집을 나설 수 있었다. 평소 아끼던 제자를 1년 만에 다시 만나러 가는 길이었다. 그와의 재회는 너무 행복했다.

대학에 있을 때 그는 내가 담당하는 학과목마다 거의 최고의 성적을 내던 학생이었다. 얼굴도 잘생긴 데다가 성실하고 예의까지 바른 친구였다. 장차 해군을 위해 큰일을 할 것 같다는 믿음이 있었고, 아니나 다를까 장교 임관식에서 큰 상을 받기도 했다. 당시 가까이서 지켜본 그의 모습은 '자랑스럽다'라는 말 외에는 달리 표현할 길이 없었다.

지난해 이맘때에 '1년 만에 휴가로 제주도 왔는데 교수님 생각나서 연락드립니다!'라는 문자가 왔었다. 누추하지만 우리 집에서 서로 마주 보며 안부를 주고받았다. 선생 출신이다 보니 말이 많아진 듯 아내가 자주 눈치를 주기도 했다. 당시에는 이런저런 사정으로 밥 한 끼 대접하지 못했다. 다음부턴 식사 시간에 맞추어 오라는 당부를 하고는 그를 돌려보내야만 했었다.

최근에 그로부터 점심을 같이하자는 연락이 왔다. 코로나의 영향으로 1년 만에 제대로 된 휴가를 얻었다고 했다. 여친 만나기도 부족한 시간인데 멀리까지 와 준 것이 정말 고마웠다. 오래된 읍내의 맛집에 들러 정신없이 밥을 먹은 후 비양도가 가까이 보이는 바닷가에서 많은 이야기를 주고받았다. 멋진 해군 조종사가 되어 의젓하게 앉아 있는 제자의 모습이 임관할 때 이상으로 자랑스러웠다.

집에 도착하니 '1년 만에 또 이렇게 뵙게 되어 정말 좋았습니다! 교수님 말씀 덕분에 휴가에서 진정한 쉼을 얻고 갑니다~ '라는 문자가 날아왔다. 내가 서명해준 트멍 책자에 대한 감사도 빼놓지 않았다. 아무짝에도 쓸데없는 내 얘기만 늘어놓은 것 같아서 미안한 맘도 들었다. 내가 하고 싶었던 말은 '나는 지금 트멍(틈새)의 삶을 추구하지만, 제자는 못물이 새지 않도록 하는 수멍의 삶을 살아야 할 때'라는 것이었다. 최고의 비행술로 물샐틈없이 바다를 지키는 제자의 모습을 그리며 그를 힘차게 응원한다.

당일치기

섬나라에 살다 보니 여러 가지 일들을 당일치기로 하는 데 익숙해져 가고 있다. 그중 하나가 그날 안으로 서울을 다녀오는 일이다. 오늘은 치과 검진이 잡혀 있는 날이었다. 이른 아침에 어두컴컴한 길을 나섰다가 어두워지기 전에 돌아왔으니 한나절이 덜 걸린 셈이다.

육지에 살 때, 제주도를 한 번 다녀간다는 것은 보통 일이 아니었다. 옛날에는 신혼여행을 간다거나, 돈이 많은 학교에 다녀야 졸업여행 정도가 가능했다. 군에 있을 때도 크게 마음먹은 출장이라든지 억울하게 생각하는 사람들에게 멱살 잡히러 가는 일 외에는 별로 없었다. 더군다나 공항이 바로 옆에 있는 것도 아니고 내 입맛대로 비행기를 고를 수도 없기 때문이다.

통상적으로 육지에 나갈 기회가 있으면 일을 한꺼번에

몰아서 해결하고 온다. 머무는 기간도 사나흘 정도로 잡는다. 그러나 요즘은 무조건 당일로 다녀온다. 이웃 어르신들은 내가 육지에 다녀왔다고 하면 악의 구렁텅이에서 간신히 살아남은 줄 아신다. 얼마 전 읍내에 사는 건강하고 젊은 분이 육지에 다녀온 후 코로나로 갑자기 돌아가셨기 때문인 듯하다.

당일 일정으로 서울에 다녀오는 날은 평소 잘 봐두었던 김포공항 식당에서 점심을 때우곤 한다. 오늘은 몇몇 친한 벗들과 공항 근처의 유명 맛집에서 식사를 했다. 명절을 앞두고 있는 데다 얼굴이 보고 싶어서 미리 연락해두었다. 그들과 함께한 세월이 짧게는 4년에서 길게는 40여 년이다. 아직 열심히 일하는 사장님들인데도 바쁜 일정을 마다치 않고 자리를 마련해주었다.

이곳 생활에 어느 정도 익숙해져서 그런지 외지에 오래 머물면 불편해진다. 거기다가 오미크론까지 크게 번지고 있으니 하루 만에 일을 마칠 수밖에 없다. 옛날부터 시험 전 벼락치기에는 선수이다 보니 그렇게 낯설지도 않다. 하지만 비행기로 떠나는 여행의 설렘마저 앗아간 현실이 마음을 상하게 만들기도 한다. 오늘의 당일치기는 짧은 시간에 병원 진료와 벗들과의 만남을 잘 마쳤으니 일석이조의 성과를 거둔 셈이다.

안흥찐빵

전국 어디를 가나 찐빵을 파는 곳이 있다. 추운 날 여행길에 사 먹는 찐빵은 별미다. 그중에 최고는 누가 뭐라 해도 안흥찐빵이다. 팥이 그다지 달지 않고 맛이 담백하기 때문이다. 이에 반해 안흥이 어디 있는지 생각하면서 먹는 사람은 그리 많지 않다. 나는 그동안 그 찐빵을 먹을 때마다 엉뚱한 곳을 떠 올리고 있었다.

나는 안흥찐빵의 본고장을 충남 태안군에 있는 안흥항 어디쯤으로 알고 있었다. 고기잡이도 바쁠 텐데 맛난 빵까지 만든다니 대단한 사람들이라 생각했다. 이런 인식을 갖는 데는 80년대 중반 초급장교 시절의 경험이 크게 작용했다. '소이작도'라는 섬에 있으면서 밀입국 작전을 위해 고속정을 타고 밥만 먹으면 달려가던 곳이 그 근처였기 때문이다.

강원도 횡성군 홈페이지에 '안흥은 예로부터 대관령을

넘어 서울로 가는 영동지방의 길손들이 점심을 먹기 위해 들르는 중간 기착점이었고, 길손들은 주린 배를 찐빵으로 채웠다. 주천강은 찐빵의 숙성에 알맞은 습도를 제공한다.'라고 쓰여 있었다. 해가 떨어지기 전에 먼 길을 가야 하는 길손들의 수요와 이 지역의 주변 환경이 맞아떨어진 셈이다.

안흥면사무소를 중심으로 찐빵마을이 제법 크게 형성되어 있다. 가게마다 원조임을 알리기 위해 '할머니, 어머니 찬스'까지 동원하고 있다. 그분들의 손맛이야 세상이 다 알지만, 손님들이 많이 찾는 곳이 몇 군데 있다. 그중에 친구의 단골집도 있는데 연예인 사진이 곳곳에 붙어 있는 것으로 보아 꽤 유명해 보였다. 즉석에서 손으로 입에 넣은 따끈따끈한 찐빵과 감자떡의 맛은 일품이었다.

안흥찐빵 마을에서는 집집마다 원조임을 내세우지만, 대법원 판결이 있었다는 말은 아직 들어보지 못했다. 어떻게 보면 이곳에 계시는 할머니, 어머니들 모두가 원조일지도 모른다. 모처럼 모기장 속에서 주천강의 물안개를 내려다보며 오랜 벗들과 나누는 찐빵의 맛은 원조 그 이상이었다. 이번에도 친구가 집에 가져가라며 '모듬 선물용 안흥찐빵'을 손에 쥐여주었다.

중딩의 추억

강원도에서 실컷 놀다가 서울로 돌아왔다. 곳곳에는 코로나로부터 일상을 회복하기 위한 발걸음이 바삐 움직이고 있었다. 인도네시아에서 제법 큰 사업장을 운영하는 친구 부부와 저녁을 먹고 돌아오는 길에 테헤란로를 따라 걸었다. 큰길 양쪽으로 높이 솟은 인공 숲을 지나 딸내미 집으로 들어가는 길목에 다다랐다. 뒤를 돌아보니 문득 저 언덕 너머에서 일어났던 옛 일이 떠올랐다.

중학생 때, 강남에서 마포로 학교를 다닌 적이 있었다. 수업이 끝나기 무섭게 공덕동에서 남대문시장으로 가서 00여상으로 가는 버스를 갈아타야 했다. 낭만의 78번 버스를 타고 한남대교에 들어서면 압구정 현대아파트와 국기원이 보이기 시작했다. 강을 건너 텅 빈 강남대로를 얼마간 달리면 말죽거리 이정표가 보였고 뉴욕제과를 끼고 오른쪽으로 돌면 바로 우리 동네였다.

나는 운 좋게도 버스 종점에서 종점 간 이동하는 꼴이 되어 거의 앉아서 왔다. 반면에 00여상이 집 근처에 있어 야간 학생들의 등교 시간과 겹치기라도 하면 거의 죽음을 각오해야만 했다. 누님들의 가방이 내 무릎에서 얼굴 높이까지 자동으로 오르는 것은 늘 있는 일이었다. 그들만의 수다가 내 정신을 쏙 빼놓기 일쑤였지만 나는 점점 그 버스를 기다리게 되었다.

내가 어릴 때 아버지는 도시에 사는 큰형 집에 다녀오신 적이 있었다. 분명히 며칠 걸린다고 하셨는데 하루 만에 돌아오셨다. 농사가 걱정되어 오래 머물 수 없었다면서 곧바로 주막으로 향하셨다. 성냥갑같이 좁은 공무원아파트가 답답한 데다가 결정적으로 좌변기가 편치 않으셨던 것이다.

서울 나들이는 많은 설렘이 있지만 아버지처럼 불편한 것도 사실이다. 나이도 먹어가고 시골 생활에 익숙해졌다는 반증이기도 하다. 모처럼 즐거운 저녁을 마치고 돌아오는 길에 옛 추억이 떠올랐다. 사춘기의 까까머리 중딩은 콩나물시루 같은 버스 안에서 일찌감치 인내와 배려를 터득했던 셈이다. 코로나가 잠잠해지면 그 시절의 달콤한 추억을 따라 버스 여행을 떠나볼까 한다.

화려한 외출

제주도 안에서 2박 3일간의 화려한 외출을 다녀왔다. 서울에 사는 벗들이 어렵게 시간을 내어 찾아온 것이다. 목적지는 지금 사는 서쪽 끝과는 정반대에 있는 구좌읍이었다. 자동차로 약 두 시간을 달려야 하니 제법 먼 곳이다. 집사람은 남편이 그들과 더 많은 시간을 보낼 수 있도록 통 크게 외박을 허락해주었다.

친구들이 내려오기 며칠 전부터 시작된 설렘이 슬그머니 긴장으로 다가왔다. 사실 내가 준비할 거라곤 반가운 표정과 아침거리로 떡, 사과, 날달걀 정도였다. 문제는 자동차였다. 이슬비가 내리는 가운데 세차하고 충전까지 해 놓았음에도 영 맘이 편하지 않았다. 그들이 평소 타고 다니는 차에 비해 너무 작았기 때문이다.

일이 손에 잡히질 않아서 일찌감치 공항에 나가 기다렸

다. 마침 봄비가 멈추어가는 때에 그들이 도착했다. 나까지 네 명이 비슷한 모양의 짐을 한 차에 실으려니 자리가 비좁을 수밖에 없었다. 나의 첫인사는 "야~~ 니들 장군이 운전하는 차 타 봤어?"였다. 빨강 전기차는 아무 말도 못 하고 배가 땅에 닿을 듯한 자세로 힘겨운 시기를 보내야만 했다.

낯선 봄기운은 그동안의 그리움과 외로움을 어루만져 주기에 충분했다. 중간중간 내렸던 봄비와 거친 바람에도 일정을 차질 없이 진행할 수 있었다. 머무는 동안 세인트 포의 야자수, 교래의 밤안개, 섭지코지의 센바람, 함덕의 밤바다는 우리 넷을 하나로 엮어주었다.

그들은 더 이상 새로운 친구를 만들지 않는다는 공통점을 가지고 있다. 현재의 친구들에게 잘해줄 시간도 모자라는데 다른 곳에 헛심을 쓰지 않겠다는 얘기다. 나는 옛 친구라는 이유만으로 오랜 세월 그들의 따뜻한 사랑을 받아 온 것이다. 거친 봄맞이 속에 소중한 벗들과의 화려한 외출은 한 조각의 인생 퍼즐을 채워 넣기에 충분했다.

"코나야~ 니도 욕봤다!"

한 달 살기

엊그제 한 달 살기를 마치고 돌아가는 부부와 함께 차를 마셨다. 여러 번 짧게 여행하러 왔을 때와는 달리 많은 설렘과 힐링이 있었다고 한다. 내 주위에는 반 달 살기, 한 달 살기, 일 년 살기를 하는 사람들이 더러 있다. 시작하게 된 동기야 조금씩 다를지라도 대부분 아쉬움을 남기고 떠난다. 가끔 내게도 한 달 살기에 관해 물어보는 사람들이 있다.

우선은 언제 살림을 시작할 것인가를 정하는 일이다. 이곳은 사계절 모두 나름의 특징이 있지만 아무래도 짧은 시간에 많은 일을 해야 하니 날씨가 좋아야 한다. 여름철 태풍이나 장마를 되도록 피하는 것이 좋고 한겨울의 바람도 장난이 아님을 알아야 한다. 날씨는 배에 자동차를 싣고 오가거나 여기서 생활할 때도 적잖은 영향을 미친다.

다음은 살림 차릴 집을 구하는 일이다. 이를 결정하기에 앞서 목적을 분명히 할 필요가 있다. 여행에 중점을 두려면 작은 숙소를, 가족 중심의 조용한 휴식을 취하려면 전원주택이 좋을 듯하다. 000맨션, 00애니웨어와 같은 장기 숙박 플랫폼이나 개인 블로그를 찾아보면 원하는 조건을 얼마든지 맞출 수 있다. 특히, 반려동물이 있는 경우에는 주인의 의견을 꼭 확인해야 한다.

날짜와 집을 정했으면 자동차를 가져오는 일이다. 아직 비행기로는 실어 나를 수 없으니 배편을 이용하는 수밖에 없다. 직접 운전해 오거나, 업체에 차를 맡겨 집에서 제주공항 또는 머무는 곳까지 탁송하면 된다. 이때 옷가지들이며 쌀, 반찬 등을 같이 실어 보내면 살림에 보탬이 된다. 비행기 도착시간에 맞춰 공항에서 차를 찾도록 하면 탁송비와 교통비를 동시에 절약할 수도 있다.

여기 있는 동안 무엇보다 안전하고 맘 편히 지내야 한다. 아무래도 집주인이 가까이에 살고, 이웃집들이 적절히 어우러져 있으면 좋을 듯하다. 간혹 진입로가 큰길에서 한참 들어가는 경우 부담스러웠다는 분들도 있었다. 사실 도둑이 없다는 것은 옛말이다. 얼마 전 빈집털이범이 외딴집만 골라서 물건을 훔치고, 산속에서 금고를 열다가 들켰다는 뉴스도 있었다.

제주 한 달 살기는 색다른 환경에서 직접 살면서 느끼는 새로운 경험이다. 다음에 또 오거나 아예 눌러 앉는 예도 있다. 얼마간 이곳을 경험해보니 살만한 가치가 있다고 여기는 것이다. 나는 오히려 그분들을 통해 좋은 관광지며 맛집 정보를 알기도 한다. 제대로 된 제주의 찐 맛을 체험하기 위해서는 사계절에 걸쳐 한 번씩 한 달 살기를 해보는 것도 괜찮을 듯싶다.

착시(錯視)와 착각(錯覺)

제주에 오는 사람들은 한 번쯤 '신비의 도로'를 들르게 된다. 던진 물병이 보이는 대로 구르지 않는다. 도깨비의 짓궂은 장난 같지만, 한라산 때문에 생기는 현상이다. 나 같은 경우는 생소한 환경에 적응하려다 보니 종종 여러 사실을 잘못 알곤 한다. 평소 나의 고정관념과 설익은 지식 때문이다. 이사 온 이후 착시와 착각은 흔한 일이 되어버렸다.

이곳 골프장은 퍼팅할 때 경사를 확인하기가 여간 어려운 게 아니다. 지형적인 영향으로 주변 환경이 달리 보이기도 한다. 캐디의 말을 귀담아듣지 않다가는 엉망이 되기 일쑤다. 얼마 전 남양주에서 골프를 하다가 "북한산이 어디 있지?"라고 물은 적이 있다. 한 번 웃자고 한 소리였지만 그만큼 제주에서 한라산의 방향은 중요하다. 착시현상 때문이다.

조선 정조 시대에 태풍과 가뭄으로 굶주리던 이웃을 먹

여 살린 한 부자가 있었다. 의녀 김만덕으로, 제주 건입동에 가면 당시의 객주를 복원해 놓고 그녀를 기념하고 있다. 나는 몇 년 동안이나 제주의 유명 맛집 김만복 김밥이 그 김만덕인 줄 알았다. 이름을 헷갈리는 바람에 그분의 후손들까지도 내 맘대로 생각했던 것이다.

나무를 심을 때는 무조건 돌을 잘 골라내야 한다고 생각했다. 그 덕에 수돗가의 큰 비파나무와 석류나무, 앞 화단의 굴거리나무 등이 유명을 달리했다. 지금도 사과대추나무가 두 해째 잠에서 깨어나지 않고 있다. 뿌리를 제대로 내리지 못한 탓이다. 이는 바람 많은 이곳에서 잔돌이 나무의 뿌리를 단단히 잡아주거나 영양분을 공급한다는 사실을 몰랐기 때문이다.

제주도는 섬의 크기에 비해 높은 한라산이 한가운데 위치해 있고, 역사적·문화적으로도 독특한 면이 많다. 더군다나 나는 초보 살이다 보니 아무래도 어리바리할 수밖에 없다. 나이 들어 잦은 착시와 착각으로 인해 스코어, 총기(聰氣), 나무를 잃곤 하지만 하나둘 배워가는 재미도 있다. 때론 이러한 것들이 주변으로부터 따스한 도움을 받는 징검다리가 되기도 한다. 어쩌면 낯선 땅에서 살아가는 어설픈 이방인만의 특전인지도 모른다.

에세이 콘테스트

오늘 주(駐)제주일본국 총영사관을 다녀왔다. 지난 토요일 '제주와 일본의 깊은 인연'을 주제로 한 에세이 콘테스트 시상식이 있었는데 개인 사정으로 참가하지 못했다. 이 행사는 작년에 총영사관과 한-일 친선협회가 주관한 대회를 결산하는 자리였다. 주최 측은 가까이 사는 나를 위해 별도의 자리를 마련해준 것이다.

콘테스트는 여러 달에 걸쳐 진행되었다. 몇 개의 작품을 선정하여 전시하고 푸짐한 상까지 준다고 홍보했다. 더군다나 모든 입상자에게 똑같이 부상을 준다는 말에 마음이 끌렸던 것도 사실이다. 나는 '다시 이어진 마음 길'이라는 제목으로 일본인 중년 부부와의 소중한 인연을 되짚어보았다.

재작년 가을 코로나 상황이 좋지 않다는 일본 뉴스를 접하면서 갑자기 그분들이 생각났다. 2000년 7월 일본 방위대학교에서 주최하는 국제 방위학(防衛學) 세미나에 참석했을 때 나를 도와준 자원봉사자였다. 옛날에 사용하던 전자우편 주소로 연락이 닿았다. 그분들은 아직도 서툰 삶을 사는 이방인들에게 따뜻한 정을 나누어주고 있었다. 거의 20년이 지나 제주로 내려와서야 그들과의 소중한 인연이 다시 이어지게 된 것이다.

다소 미흡한 글이었지만 당당히 우수상을 받았다. 주최 측은 수준 높은 작품이 너무 많아 수상자를 선정하기 힘들었다는 말을 덧붙였다. 입상하지 못한 사람들을 위로하기 위해 의례적으로 하는 말이지만 나는 얼마 전 산문집을 낸 이후 두 번째 도전에 성공한 셈이었다.

어떻게 보면 이 모든 것이 아내의 덕이다. 나는 글쓰기에 특별한 재주가 있다거나 제대로 배운 적이 없다. 고등학교나 사관학교 시절에도 〈방송반〉이나 〈편집반〉 근처에는 가본 일이 없었다. 순전히 그녀와 인생을 함께하고 싶어서 허구한 날 연애편지를 썼던 것이 전부였다. 그것도 편지를 보내기 시작한 후 거의 10년이 돼서야 결실을 보았으니 글솜씨가 좋다고 말할 수도 없는 것이다.

이세키 총영사는 올해 초 총영사관 개관 기념일에 맞춰 시상식을 하려다 코로나로 미루어졌다며 상장과 부상을 정중하게 전해주었다. 사실 내게는 한 아름의 상품보다도 입상했다는 그 자체가 소중했다. 세상에 태어나 우리글을 깨우친 이래 처음 글짓기로 상을 받았기 때문이다.

한라수목원 근처에 있는 일식집으로 자리를 옮겼다. 오늘은 특히나 말을 조심해야 한다고 다짐했건만 일을 내고 말았다. 대화 중에 "저 새끼들이 말이죠."라고 해야 했는데 순간적으로 "이 새끼들이 말이죠."라고 해 버린 것이다. 이세키 총영사를 비롯해서 함께 자리한 사람들의 웃음보를 터뜨리고 말았다.

제주에 온 지 얼마 되지 않은 상태에서 이곳과 일본과의 인연을 소재로 상을 받은 것이니 나름대로 의미가 있다. 낯선 땅에서 짧은 만남으로 시작된 한 일본인 부부와의 인연이 이곳에 내려옴으로써 다시 이어진 셈이다. 코로나가 진정되면 그분들과 왕래하면서 우애 있게 지낼 생각이다. 돌이켜 보면 이번 수상은 그분들에 대한 그리움과 감사함으로 썼기에 가능했는지도 모른다.

문화생활

어릴 적 시골에서 나무나 해오다가 군대에 오래 있었던 터라 문화적 생활과는 다소 거리가 있었다. 대도시에 살 때는 아들을 따라 가끔 뮤지컬 공연을 다녀온 것이 전부였다. 그녀석 하는 일이 그쪽이다 보니 기회가 더러 있었던 것이다. 몸과 마음이 자유롭지 못하다고 여길 때니 대단한 문화적 경험이나 한 것인 양 가슴이 뿌듯했었다.

이곳에 정착하면서 조금씩 문화예술에 눈을 뜨기 시작했다. 시골에 살면서 품격 있는 문화적 삶을 찾는다면 혹자는 번지수가 한참 틀렸다고 생각할지도 모른다. 아무래도 몸을 쓰는 일에 치중하기 때문이다. 그러나 주위를 돌아보면 좋은 곳이 여럿 있음을 알 수 있다. 우리 집 가까이만 해도 한림작은영화관, 김한미술관, 제주현대미술관, 탐나라공화국 등이 있다. 물론 마음만 먹으면 얼마든지 더 멀리까지 다녀올 수 있다.

평소 볼 만한 영화가 들어왔다거나, 자투리 시간이 생기면 읍내에 있는 영화관을 찾는다. 특히, 딸내미가 내려오면 한 번은 꼭 들르게 된다. 그녀는 나이에 걸맞지 않게 애니메이션이나 사회의 어두운 곳을 밝히는 영화를 좋아한다. 매번 상영이 끝나면 "졸지 않으셨나요?"라고 묻는다. 다소 다른 나의 취향에 그녀가 해줄 수 있는 최고의 배려인 셈이다.

나는 운 좋게도 몇 분의 문화예술인들과 알고 지낸다. 그분들의 삶은 저절로 머리가 숙어질 정도로 존경스럽다. 오늘은 스스로도 상상을 주체하지 못한다는 한 분의 '생애 마지막 개인전'을 다녀왔다. 상상의 끝을 찾느라 평생 애쓰신 흔적들이 곳곳에 배어 있었다. 개막은 있지만 폐막이 없다는 이 세상에 하나뿐인 전시회였다.

지난주에는 동쪽 끝자락에 있는 '빛의 벙커'에 다녀왔다. 과거 통신시설로 사용하던 벙커를 복원하여 만든 미디어 아트 전시관이다. 이번은 세 번째 전시작으로 '모네, 르누아르… 샤갈 지중해로의 여행'이었다. 몰입형 미디어 아트라고 해서 자유롭게 다니면서 생생하게 감상할 수 있었다. 영상이 다 돌아갈 무렵 비상벨이 울리는 바람에 가슴이 철렁하기도 했다. 사람들의 꽁무니를 따라 밖으로 나오니 사과하는 안내방송과 함께 입장료도 돌려주었다.

우리 주위에는 다양한 문화예술 공간이 있다. 특히, 훌륭한 문화예술인들과 삶을 나누면서 그분들의 작품을 보면 더욱 감동적이다. 몸과 마음이 여유롭고 평안하다 보니 문화고 예술이고 눈에 들어오는 모양이다. 거기다가 어디를 가더라도 도민증이나 국가유공자증을 내밀면 입장료를 깎아 준다. 앞으로도 균형 잡힌 육체적·정신적 양식을 얻기 위해 새로운 문화적 체험을 찾아 나서고자 한다.

붓글씨

얼마 전 평소 존경하던 선배 제독께서 우리 집을 다녀가셨다. 아끼는 후배가 기별도 없이 불쑥 제주도로 내려갔다는 소문에 궁금하기도 하고 걱정도 되었던 것이다. 핸드폰을 꺼내 직접 쓴 붓글씨 사진을 보여주시며 한번 배워보지 않겠냐고 물었다. 아무나 그분의 제자가 될 수 있는 것은 아니라며 혹독한 통과의례가 있음을 넌지시 흘렸다. 그분 덕에 훌륭한 선생님을 만나게 되었고 오래전부터 마음으로만 그리던 생각을 이룰 수 있었다.

마침 제주도에도 그분이 운영하는 서당이 있었다. 집에서 그리 멀지 않은 곳이었다. 언젠가는 꼭 배우고 싶기도 했지만, 집사람이 내게 꼭 맞는 일이라며 적극 권장했다. 사실 한자를 제대로 배운 적은 없고, 군에 있을 때 천자문 펜글씨 노트에 몇 번 연습한 것이 전부였다.

유난히 더운 날 강원도 친구가 보내준 물외 씨앗을 심는다고 텃밭 고랑을 정리하고 있었다. 마침 그 선배님으로부터 전화가 왔다. 일전에 말한 선생님이 제주에 오셨으니 인사를 드리는 게 좋겠다는 전갈이었다. 그분께 귀띔했다는 말을 강조하였지만, 단단히 마음먹지 않을 수 없었다. 내 인생에서 이렇게 또 한 분의 스승을 만나게 되었다.

선생님은 범상치 않은 분이셨다. 예우를 갖추어 맞아주셨고, 장중한 가운데 힘이 있으셨다. 여러 말씀 중에 부국강병의 중요성이 절절히 마음에 와닿았다. 천자문도 제대로 모른다고 했더니 2년 반 정도 배우면 된다고 하셨다. 결국은 "서당개 삼 년에 풍월 읊는다."라는 말씀으로, 아무 지식과 경험이 없어도 시간이 지나면 어떻게든 된다는 뜻이었다.

우리 집에는 보물단지처럼 보관해 온 돌벼루가 있다. 약 10년 전 지인이 언젠가 필요할 거라며 중국을 다녀오는 길에 사다 주었다. 선배님의 각별한 후배 사랑 덕분에 귀한 선생님을 만났고, 벼루가 오랜 잠에서 깨어날 수 있었다. 앞으로 또 다른 배움을 통해 붓글씨의 기교 보다는 그 속에 담겨 있는 선조들의 지혜를 조금씩 깨우치려 한다.

작지만 큰 위로

시기적으로 처서가 코앞인데 아직 더위가 기승을 부리고 있다. 곳곳에는 휴가철 막바지를 즐기는 관광객들로 북적인다. 콧바람 쐬러 나갈 엄두가 안 나다 보니 집에서 에어컨이나 틀어놓고 지내는 편이다. 이럴 때 몸이 부실해지기에 십상이다.

오늘은 제법 크게 들려오는 기적(汽笛) 소리에 눈을 떴다. 밤잠을 설치니 알람이 고함을 치지 않는 한 일어나기가 쉽지 않다. 며칠 비가 내린 데다가 폭염이 이어진 탓이다. 그러니 아침에 줄곧 해오던 루틴이 제대로 이루어질 리 없다. 이러한 와중에도 새벽녘의 기적 소리는 오랫동안 귀에 익어서 그런지 무거운 몸을 일으켜 준다.

어제는 감기인지 냉방병인지 비실비실하다가 일찍 잠이 들었다. 긴장이 다소 풀린 듯, 개도 안 걸린다는 여름 감기에 걸린 것이다. 핸드폰 소리에 잠이 깼다. 성질이 유달리 급하기로 소문난 친구였다. 카톡 문자에 답이 없자 곧바로 버튼을 누른 것이다. 정확히 2분 차이였다. 감기 기운이라도 있으면 가슴 철렁하는 시기에 '마스크를 꼭 쓰고 자라'는 오랜 벗의 말은 큰 위로가 되었다.

요즘 우리 집 화단에 있는 대추 야자나무에서 새순이 돋고 있다. 3년 전에 몸통이 내 허리 정도 오는 나무를 심었는데 몸살을 앓다가 말라 버렸다. 이웃 농장 사장님이 "땅속에서는 뿌리가 꿈틀거리고 있을 겁니다."라고 희망을 주었던 놈이다. 마침내 파릇한 새잎이 하나둘 올라오기 시작했다. 아침마다 가까이서 바라보는 생명의 신비는 늘 설렘을 준다.

집 안에만 머물다 보면 아무래도 힘이 들 때가 있다. 이런 때 큰 위로를 주는 것들이 더러 있다. 소리만 들어도 무슨 뜻인지 알 수 있는 기적, 한밤중 친구의 따뜻한 위로 전화, 인고의 세월을 견디며 새싹을 틔워낸 야자나무가 바로 그들이다. 생활의 폭이 좁아진 탓인지, 마음에 여유가 생긴 탓인지 요즘 들어 작은 것들이 더욱 소중하고 가치 있게 여겨진다.

마음을 나눈 환갑여행

하나같이 어깨에 백 팩을 멘 중년의 신사들이 기다란 짐을 들고 인천국제공항에 모였다. 고작 일주일인데도 얼굴에는 설렘이 가득해 보였다. 누군가 '마음을 나눈 친구가 있어 행복합니다!'라고 쓰인 현수막을 펼쳤다. 보기 드문 출정식이었다. 우리만의 환갑여행은 이렇게 시작되었다.

지난 6월 초 '인도네시아 환갑우정여행'이 단톡방에 공지되었을 때, 반나절 만에 열두 명 전원이 '콜'을 외쳤다. 말이 환갑 어쩌구지 코로나로 답답했던 마음과 그곳에서의 추억이 동시에 폭발했던 것이다. 아쉬움도 있었다. 비행기 뜨기 전날 떨어지는 낙엽을 미처 피하지 못한 친구가 생겼다. 결국 '열외 1'이 되었다.

환갑이라는 표딱지가 붙은 탓인지 다들 건강을 이야기하고 있었다. 물론 기내 맥주를 동내기로 작정한 사람도 있었다.

얼마 후 어둠 속 저 멀리서 거대한 불빛이 올라왔다. 누구 하나 예외 없이 뒤집어쓰고 있던 담요를 내렸다. 두어 번 자다 깨면 도착하던 길인데 세 해나 걸린 셈이다.

서커스 수준의 오토바이 곡예 행렬과 자카르타의 빛나는 밤거리는 여전히 활기찼다. 밝은 미소와 함께 "내리막~, 오로막~, 안떼나~"를 외치는 캐디들의 열성 또한 변함없었다. 코로나는 순박한 이곳 사람들의 마음에 생채기만 내놓고 그렇게 잊혀가고 있었다.

연일 계속된 각개 전투 가운데 탕쿠반 프라우 산의 노천 온천욕, 자랑스러운 친구의 현지 공장 방문, 뚜구 쿤스트크링 팰리스에서의 환갑잔치는 단연 압권이었다. '버럭이' 회장을 비롯한 친구들의 성숙한 씀씀이가 빚어낸 산물이라 볼 수 있다. 특히, '동무가 오면 꼭 먹여 보내라'라는 어머니의 유지를 하나님 말씀처럼 여기는 벗이 있기에 가능한 일이었다.

이번 여행은 중년의 익어가는 우정 속에 건강 다지기로 환갑을 자축했던 시간이었다. 돌아오는 내내 영화 〈탑건: 매버릭(Top Gun: Maverick)〉에서 무인기 도래로 조종사의 역할이 사라질 것이라는 말에 "오늘은 아닙니다(But not today)."라는 톰 크루즈의 대사가 머릿속을 떠나지 않았다.

위대한 사람, 좋은 스승

평소 나에게 위대한 사람의 이름을 대보라 하면 단연 세종대왕과 이순신 제독이다. 이곳으로 내려온 이후 우리 주위에는 그런 소리를 들어도 될 만한 분들이 있다는 사실을 알게 되었다. 하나같이 선한 목표를 가지고 새로운 역사를 만들어 가는 사람들이다. 나는 그러한 분들을 위대한 사람이자 스승이라고 부른다.

아랫동네 한편에는 가족의 업적을 선양하기 위한 엄숙한 공간이 만들어지고 있다. 요즘 시대에 국위를 선양한다는 얘기야 흔히 있지만 자기 부친을 그렇게 한다는 것은 보기 드문 일이다. 그곳을 둘러보면 부국강병과 유비무환의 사상이 얼마나 소중한지 알게 된다. 평생 나라의 안위를 걱정했던 한 선각자와 그의 유지를 진심으로 섬기는 한 효자가 있기에 이루어지는 일이다.

집 가까운 곳에 상상의 나라가 있다. 돌과 덤불로 뒤덮인 곶자왈에 연못, 꽃밭, 쉼터 그리고 도서관이 들어섰다. 구석구석 엉뚱한 이야기 속에 배움이 숨겨져 있고 온통 예술로 덮여 있다. 나는 그 나라의 국경선이 어디까지인가를 가장 궁금해하고 있다. 상상을 주체하지 못하는 어느 한 분의 손끝에서 일어나고 있는 일이다.

이웃 저지리에는 50여 년 전 농사짓던 한 분이 맨몸으로 맨땅을 일구어낸 곳이 있다. 기름진 논밭이 아니라 아름다운 정원을 만든 것이다. 누구든지 그곳에 가보면 예술과 철학이 어떻게 어우러져 있는지를 금방 알게 된다. 중국 지도자들이 유달리 좋아하는 이유이기도 하다. 한 분의 멈출 줄 모르는 의지와 창조적 사고가 만들어낸 일이다.

집에서 중문 쪽으로 조금 가다 보면 럭셔리한 박물관이 있다. 한마디로 자동차와 피아노에 관한 역사와 문화, 예술이 함께 하는 곳이다. 세계에서 몇 대 안 되는 힐만 스트레이트 8 목제 자동차, 로댕(Auguste Rodin)이 조각한 단 하나뿐인 피아노를 볼 수 있다. 나라의 미래를 걱정하고, 아이들을 사랑하는 어느 한 분의 숭고한 뜻이 있기에 가능한 일이다.

쇠소깍 근처에 한라봉 농원이 있다. 올레를 걷거나, 그쪽에 가면 들르는 곳이다. 농원 안팎에는 주로 조상들이 쓰던 온

갖 물건들이 놓여 있다. 국립중앙박물관에서 볼 수 없는 것들도 여럿 있다. 나도 총알이 박힌 방탄 유리창을 처음 보았다. 조상의 흔적으로부터 우리의 뿌리를 찾으려는 한 분이 주말마다 저지르고 있는 일이다.

우리 주위에는 자기 삶을 통하여 남에게 선한 영향을 미치는 분들이 있다. 그들은 자연과 문화, 철학, 예술에 대한 사랑을 각자의 방식으로 표현하고 있다. 남다른 용기와 열정, 헌신이 없으면 엄두도 못 낼 일이다. 이곳에 오니 이렇게 위대한 사람들, 좋은 스승을 만날 수 있게 된다. 나는 그분들을 통해 세상의 가치 있는 물길을 알아가는 중이다. 느지막하게 새로운 배움을 얻고 있으니 제대로 된 제주의 강남 8학군에 사는 셈이다.

자연의 바람길

새벽을 깨우는 소리

나는 약간의 이명 증상이 있다. 오랫동안 긴장된 업무를 해 온 데다가 배를 타면서 생긴 일종의 직업병이자 훈장인 셈이다. 그러다 보니 작은 소리에도 귀를 기울이는 편이다. 새벽에 일어나면 많은 소리가 들린다. 저마다 사연이 있는 듯 그날그날 다르지만 내게는 오늘도 건강하게 살아 있음을 알려주는 생명의 신호들이다.

요즘은 자명종이 없어도 일찍 눈을 뜬다. 제주의 거센 바람 소리에다 이리저리 흔들리는 야자나무의 숨 가쁜 소리 덕분이다. 대부분 곤하게 잠들어 있을 풀벌레 가운데 새벽잠이 없는 몇 놈의 속삭이는 소리가 들린다. 이웃 수탉의 홰치는 소리는 고요한 마을을 가로질러 금 오름의 어둠을 밀어내기 시작한다. 이슬이 맺힌다는 백로가 지나서 그런지 다소 차갑게 다가온다.

한밤중에는 주로 자연과 생명이 소리를 만들어내지만 그렇지 않은 예도 있다. 최근 들어 더 자주 들리는 앰뷸런스 소리가 대표적이다. 바로 코 밑에 있는 119가 어딘가로 급하게 달려가는 것이다. 간혹 그리 높지 않은 하늘에서 비행기 소리가 들릴 때도 있다. 비양도 근해에서 사람이나 배에 무슨 일이 생긴 것이다. 가뜩이나 조용한 마을에 이런 소리까지 들리면 마음이 긴장된다.

태풍이 올 때 빼고는 늘 들려오는 익숙한 소리가 있다. 바로 배의 기적 소리다. 기적은 소리의 장단과 반복되는 횟수에 따라 그 의미를 달리한다. 몇 달 전 저명한 군사전문가 한 분이 한림항 근처에 머문 적이 있었는데 한밤중 보일러 돌아가는 소리가 기적소리로 들렸다고 한다. 남다른 모군(母軍) 사랑이 빚어낸 웃지 못할 이야기였지만 나도 오랜 세월을 기적과 함께 살다 보니 그럴 때가 있다.

일상의 새벽은 바람, 야자수, 풀벌레, 수탉, 기적 소리로 채워진다. 가끔 숨넘어가는 소리는 이들과 어울리지 못한 채 마음에 주름만 남기고 멀리 사라진다. 새벽의 소리는 언제나 새로운 하루에 생명을 불어넣고 세상 속으로 묻힌다. 내게도 마치 청진기처럼 다가와 살아 숨 쉬고 있음을 일러 준다. 그들은 오늘도 변함없이 새벽을 깨운다.

내 맘속의 코스모스

나는 한 달에 한 번꼴로 육지 나들이를 간다. 딸내미 얼굴도 볼 겸 친구들을 만나기 위해서다. 지난달은 일이 있어 걸렀으니 이번엔 두 달 만이다. 자작나무로 둘러싸인 언덕 마을은 온통 코스모스로 뒤덮여 있었다. 지난여름 창가에서 반갑게 맞아주던 접시꽃 자리에도 코스모스꽃이 기다란 목을 내밀고 서 있었다. 내게 코스모스는 빛과 그림자가 있는 마음의 꽃이었다.

시골에서 분교를 다닐 때 코스모스는 최전방에 내리는 폭설처럼 큰 일거리를 만들었다. 늦은 봄이 되면 선생님은 전교생이라야 몇 명 되지도 않는 우리를 데리고 신작로로 나섰다. 플라타너스 가로수 사이사이에 코스모스를 심기 위해서였다. 우리는 자동차가 일으키는 먼지 구덩이 속에서도 열심히 작업을 했다. 호미로 딱딱한 땅을 판 후 모종을 심고는 주전자로 물을 길어다 주어야 끝이 났다.

우리는 큰길로 다닐 일이 없었기 때문에 이런 일은 다 남 좋은 일이라 여겼다. 국가를 위한 의미 있는 일이라고 아무리 지껄여도 소용없었다. 누구 하나 더위에 한풀 꺾여 있는 모종을 염려한다거나 꽃이 얼마나 피었는지 궁금해하지 않았다. 우리는 그저 공을 찰 시간에 흙먼지를 뒤집어쓰고 왔다는 사실이 억울할 뿐이었다.

사실 우리에게 코스모스는 '헬리콥터 놀이'하는 들꽃에 불과했다. 오가는 길에 꽃잎을 사이사이로 떼어낸 후 공중에 날리면 천천히 내려오는 모양이 마치 프로펠러처럼 보였기 때문이다.

코스모스의 꽃말은 '순정'이다. 가까이서 보니 두 가지 색이 어우러져 마치 새색시가 고운 한복을 차려입은 듯하다. 꽃접시마다 황금색 보석을 가득 담고 바람결에 이리저리 흔들린다. 머지않아 빨강 잠자리가 그 위를 노닐기 시작하면 이곳의 가을은 더욱 익어갈 것이다. 나는 오늘에서야 코스모스가 다르게 보이기 시작했다.

차가운 밤공기와 잘 익은 자두 맛이 가을의 문턱에 들어섰음을 알려 주었다. 오랜만에 그리웠던 벗들과 코스모스 앞에 둘러앉아 여러 가지 이야기꽃을 피웠다. 나에게 코스모스는 더 이상 어린시절의 들꽃이 아니다. 메마르고 척박한 산골에 순수한 애정을 꽃피웠던 희망의 꽃이다.

칠변화(七變花)

처음 이사 와서 가장 하고 싶었던 것은 단연코 정원을 꾸미는 일이었다. 그동안 다닥다닥 붙어만 살다 보니 쌓이고 고였던 마음이 있었던 게 사실이다. 우선 철쭉으로만 가득 차 있는 화단을 정리했다. 일부 나무를 뽑아서 이웃에 나누어주고 그 빈자리는 꽃으로 채웠다. 그중 란타나는 시원찮은 묘목이었음에도 아름다운 꽃을 가장 풍성하게 피웠다.

구멍이 숭숭 나 있는 화산 돌을 이용하여 크고 작은 세 개의 화단을 만들었다. 이후 오일장에서 마음에 드는 꽃나무를 사거나 이웃에서 얻어다가 채우기 시작했다. 사계절 내내 꽃을 본다는 생각으로 체리세이지, 버베나, 우선국, 아가판서스, 로즈메리, 산수국, 바늘꽃, 금잔화, 장미, 란타나 등을 심었다. 이중 란타나는 가까운 수원리 육묘장에 들렀을 때 찬밥 신세에 놓여 있던 꽃나무였다.

란타나는 처음에 그리 잘 자라지 않았지만, 그 다음해부터는 긴 꽃줄기에 신비로운 꽃차례를 만들기 시작했다. 형형색색의 작은 꽃들 안으로 꽃이삭이 작은 별사탕처럼 빽빽이 들어찼다. 꽃은 흰색, 분홍색, 오렌지색, 노란색, 붉은색을 띠더니 시간이 지남에 따라 계속 변했다. 특별히 물을 많이 주었더니 칠변화(七變花)라 불리듯이 변화무쌍한 자태로 폭풍성장을 거듭했다.

란타나는 주로 열대 지방에서 자라듯이 이곳에서도 햇볕이 들고 물이 잘 빠지면 그만이다. 꽃이 지고 마를 때 밑동을 잘라주면 이듬해에 그의 꽃말처럼 변함없이 건강한 새싹을 잉태한다. 가을이 되면 대부분의 꽃나무는 줄기에서 물기운이 빠지면서 피부색이 어둡게 드러난다. 반면에 가장 보잘것없던 란타나는 아직도 싱싱한 줄기를 뽐내고, 아름다운 꽃을 피우고 있다. 좋은 토양과 더불어 사람의 잦은 손길을 받으면 풍성해지는 모양이다.

세월의 무게와 변화

이른 아침에 동네 한 바퀴를 돌았다. 두꺼운 파카에 장갑을 끼고 나섰다가 몇 발짝 안 가서 벗었다. 입동, 소설을 지나 대설을 앞둔 시기지만 봄날처럼 따뜻했다. 일찍 서둘러 일을 나선 사람들의 모습이 곳곳에 보였다. 그들은 하나같이 세월의 무게와 변화를 얘기하고 있었다.

이웃 돌날집을 지나 밭담 길로 접어드니 몇몇이 돌을 쌓고 있었다. 무슨 일이냐고 물으니 책임자 같은 분이 "세월의 무게를 견딜 수 있나요?"라면서 하던 일을 계속했다. 평소 송악이 돌 성을 덩굴로 휘감고 있었지만 70여 년 세월의 무게를 지탱하기엔 벅찼던 모양이다. 여기다가 4·3의 아픈 상흔이 완전히 아물지 않은 이유도 더했을 것이다.

마을 한가운데 제법 넓은 밭이 있다. 반은 콜라비를 심었고 나머지 반은 무슨 연유인지 빈터로 남아 있었다. 오늘은 부부로 보이는 사람이 그 보랏빛 콜라비를 수확하고 있었다. 당도는 다소 떨어지지만, 주먹만 한 크기로 맞추어야 하니 일찍 따는 것이라 했다. 당도, 크기, 수확시기를 조절하기가 예전 같지 않다는 소리로 들렸다.

사실 콜라비를 비롯하여 브로콜리, 양배추는 야생 겨자에서 출발한 한통속이다. 이들은 이곳의 기후와 잘 맞고 수확시기가 비슷한 덕에 주된 수입원이었다. 그러나 지금은 남부 지방에서도 대량 재배하다 보니 경쟁하기 어려운 구조가 된 것이다. 동 회장은 "겨울에 수도꼭지가 자주 얼어야 하는데 그렇지 않아서 이렇게 됐다."라고 푸념했다. 이는 지구 온난화로 작물의 경작지가 늘어난 데다가 물류비용까지 만만찮아 돈이 안 된다는 뜻이었다.

세월의 변화야 늘 있었지만, 그것에 무게가 있다는 말은 좀처럼 실감하기 어려웠다. 오래도록 무너지지 않을 것 같았던 돌 성벽이 힘없이 주저앉으니 사실인 모양이다. 자녀들 대학 보내기 위해 키웠다는 귤나무와 더불어 귀한 야생 겨자 패밀리는 더 이상 이곳의 전유물이 아닌 듯하다. 세월이 흐르면서 생기는 그 무게와 변화는 돌담길을 조용히 걷다 보면 저절로 알게 된다.

지진

집사람이 저녁상을 차리는 도중에 큰 진동이 있었다. 곧이어 굵직한 경보음이 울리며 긴급재난문자가 도착했다. 오후 5시 19분 서귀포 서남서쪽에 지진이 발생했으니 '낙하물로부터 몸을 보호하고 진동이 멈춘 후 대피하며 여진을 주의하라.'라는 내용이었다. 한림은 서쪽이라 한 번의 큰 진동이 있고 난 뒤 여진을 느낄 수 없을 정도로 조용했다. 개인적으로 가까이서 경험한 지진은 이번이 두 번째였다.

첫 번째는 지진으로 소문난 나라에서 경험했다. 2000년 일본 방위대학교에서 주최하는 국제 방위학 세미나에 참가하기 위해 요코스카에 머문 적이 있었다. 한창 토론을 진행하는 도중에 지진이 발생했고, 땅이 큰 건물을 등에 얹은 채로 이리저리 움직이는 것이었다. 모든 사람은 안내 방송에 따라 덩치와 관계없이 책상 밑으로 몸을 숨겼다가 건물 밖으로 나왔다. 그날 밤에도 제법 큰 여진이 이어졌다고 한다. 나는 20

층의 호텔 방에서 아무 일 없었다는 듯이 자고 일어난 유일한 손님이었다.

이번 지진은 최초에 문자로 서귀포 서남서쪽 32km 해점에서 규모 5.3으로 경보 되었으나, 시간이 지나면서 정확한 진원지가 밝혀졌고 규모도 4.9로 정정되었다. 〈판구조론〉에 따르면 우리나라는 유라시아 판의 안쪽에 있어 지진의 안전지대로 여겨져 왔다. 그러나 최근의 사례로 보면 꼭 그렇지만도 않은 듯하다. 활성 단층이 주원인이 되기도 하는데 정확한 것은 전문가들이 알아서 밝혀 줄 것이다.

사실 오늘 규모의 지진이 땅에서 발생했다면 강력한 진동이 그대로 전달되어 큰 피해가 생겼을지도 모른다. 다행히 해저에서 발생한 덕에 충격이 상당 부분 흡수되어 사람이 다치거나 건물이 파손되지는 않았다. 그러나 남부지방에서도 그 진동을 느낄 수 있었다고 하니 제법 큰 지진이라 볼 수 있다.

지진으로부터 자유로운 나라는 이 지구상에 존재하지 않는다. 미리 대비하는 수밖에 뾰족한 수가 없다는 뜻이다. 지금도 안전안내문자로 국민행동요령과 추가 여진 발생을 경고하고 있다. 오늘 밤을 잘 넘기면 될 것 같다는 생각이 든다. 지진을 가까이서 경험해보면 그 공포를 어느 정도 알게 된다.

이런 와중에 안부를 물어주신 스승님, 친구들, 친척들, 제자들에게 감사드린다.

첫눈과 눈오리

성탄절 즈음해서 첫눈이 내렸다. 이곳은 중산간(中山間) 지역의 아래에 있다 보니 한라산과는 딴판이다. 더군다나 눈발이 추운 날씨에 강한 바람을 타고 와서 그런지 소복이 쌓이지도 않았다. 올해의 첫눈은 예년에 비해 적었지만, 텃밭의 레몬을 더욱 노랗게 물들였고 예쁜 오리 떼를 몰고 왔다.

작년 이맘때는 많은 눈이 내렸다. 동네 아이들이 다 밖으로 나와 큰 소리로 떠들면서 눈사람을 만들거나 눈썰매를 탔다. 크고 작은 눈덩이에 당근이며 솔방울이며 나뭇가지를 붙이면 멋진 눈사람이 되곤 했다. 어떤 아이는 장군님께 눈사람을 만들어 준다며 당근 두 개를 들고 오기도 했다. 어른 아이 할 것 없이 신나는 시절이었다.

이른 아침부터 한 아이가 눈발이 이리저리 흩어지는 도로 위를 열심히 달리고 있었다. 가만히 보니 그녀의 따뜻한 품속에서 삼순이가 신나게 짖고 있었다. 얼마 후 예쁜 꼬마가 노란 오리 모양을 들고 우리 집 정원으로 들어섰다. 순식간에 몇 마리의 눈오리를 만들더니 돌담 위에 앉혀 놓았다. 따뜻한 곳을 좋아하는 다육이의 얼었던 마음을 녹여주려 한 듯했다.

올해의 성탄절은 예년과 다르게 집집마다 조명 불빛이 줄었고 조용한 편이다. 이런 분위기를 아는 듯 아이들도 첫눈이 오는 것을 예전처럼 반기지 않는 눈치였다. 춥고 눈이 많이 오지 않은 탓도 있지만 준섭이네가 미국으로 돌아간 이유도 컸을 것이다. 그러나 첫눈이 내린 날 조용히 찾아온 눈오리들은 지루한 코로나를 이겨낼 수 있다는 희망을 주는 듯했다.

섬바람의 소망

코로나로 인해 올해도 집에서 새해를 맞았다. 그제부터 거칠게 불던 바람이 다소 누그러졌지만, 제주도에 바람이 많은 거야 웬만한 사람은 다 아는 사실이다. 같은 바람이라도 낮보다는 밤에 그 존재감을 더 드러낸다. 잠자리에 들 무렵이나 새벽녘에는 대부분의 소리가 잠든 시간이라 더 크게 들리기 마련이다. 사실 나는 오랫동안 바람의 영향을 남다르게 여기며 살아 온 사람 중의 한 명이었다.

제주도는 화산섬이라 돌이 많은 연유도 있지만 밭담이며 집담은 바람 때문에 생긴 울타리들이다. 도둑이 없다 보니 바람만 잘 막으면 되었던 것이다. 겨울철 바람이 없는 날은 대체로 따뜻한 편이다. 그러다가 세게 불기라도 하면 장난이 아니다. 겨울 골프의 묘미는 이곳에 와야 제대로 맛볼 수 있다.

바람은 이곳 생활에 많은 영향을 준다. 수시로 파라솔을 접어서 동여매거나 날아갈 물건들을 고정해야 한다. 가끔 강풍으로 인해 항공기와 여객선 운항이 차질을 빚기도 한다. 나는 주로 항공기를 이용하는 편이라 공항에 윈드시어(wind shear, 돌풍) 특보와 강풍 특보가 발효되면 스케줄이 엉망이 되고 만다.

배도 물 위에 떠 있다 보니 바람에 큰 영향을 받는다. 군함도 마찬가지다. 특히, 바람은 파고와 깊은 관계가 있어 배의 안전 항해에 직결되기도 한다. 육지에서 이곳으로 차를 가지고 오거나 나가는 사람들도 영향을 받을 수밖에 없다. 주로 한 달 살기, 일 년 살기를 위해 차를 배에 싣고 오는 분들은 풍랑주의보의 똥고집을 한 번쯤 경험하게 된다.

군에 있을 때 간혹 동료들에게 공자의 말씀을 빌려 얘기한 적이 있었다. 그중에 '군주가 바람이면 백성(소인)은 풀이다. 풀은 바람이 부는 대로 눕는다.'라는 말을 가장 많이 한 것 같다. 윗사람의 바람직한 솔선수범을 강조하기 위한 말이었다. 현실에 안주하지 말고 새로운 바람을 일으켜달라는 좋은 취지였는데 지금에 와서 보니 다소 주제넘었다는 생각도 든다.

제주의 역사는 항해의 그것처럼 바람을 어떻게 극복해 왔는가가 큰 비중을 차지하고 있다. 그래서인지 '제주의 바람

소리가 좋아 이곳을 찾는다.'라는 손님도 있다. 나는 아직 그 정도는 아니지만, 바람이 주는 교훈을 귀하게 여기고 있다. 임인년 새해를 맞아 신선한 바람이 불고 있다. 이러한 바람길을 따라 온 국민이 힘을 내고, 한 방향으로 걸어갔으면 좋겠다.

해거리

아침 산책길에서 귤을 따고 있는 한 분을 만났다. 혼자 흥얼거리는 나를 보고는 무슨 좋은 일이 있느냐며 말을 건넸다. 이른 햇살에 귤이 황금색 몸을 드러내고 있었지만, 그의 표정은 밝지 않았다.

여기서 조금 떨어진 한경면에 사는 분이다. 동쪽 하면 월정리, 서쪽 하면 판포리라며 목소리를 높이다가 갑자기 담배를 꺼내 물었다. 올해는 귤나무가 해거리하느라 영 시원찮다는 것이다. 그분 옆 귤나무 아래에는 수북이 쌓여 있는 귤 무더기가 보였다.

농업용어사전에는 해거리를 '과실이 한해는 많이 결실되고, 그다음 해에는 결실량이 아주 적은 현상이 반복되는 것'이라 정의하고 있다. 이와 연계하여 '일정 기간 작물 재배를 하지 않고 쉬게 하는 일'을 휴작(休作)이라 한다. 아무리 농부가 정성을 기울여도 작물이나 땅도 스스로 기력을 되찾을 수 있는 시간이 필요하다는 뜻으로 들린다.

같은 길을 여러 번 다니다 보면 어느 과수원의 농사가 잘 되었는지 그렇지 않은지 자연스레 알게 된다. 대부분 한 해는 열매가 많이 달렸고 그다음 해는 신통치 않았다. 우리 집 정원에 있는 귤나무, 홍도화가 그랬고 이웃집 대추나무, 레몬나무도 마찬가지였다.

귤나무는 제주도의 대표 작물로 대학나무라 불렸다. 자식들 교육비는 들어가야 하는데 해거리로 농사가 엉망이 되는 해는 몸이 달았을 것이다. 그러니 소, 돼지 키우는 것은 물론이고 닥치는 대로 농사일을 했던 것이다. 자기 몸이 상하는지도 모르고 사계절 농사를 지을 수 있어 다행이라 여겼음은 물론이다.

내가 처음 여기 내려올 때는 몸과 마음이 지친 상태였다. 약 40년을 멈출 줄 모르는 폭주 기관차처럼 한 방향으로만 달리면서 반복되는 해거리에 힘에 부칠 수밖에 없었다. 지금은 단순하고 느린 삶을 통해 쉼을 얻는 중이니 일종의 휴작을 하고 있는 셈이다. 나 자신도 주변 환경도 회복의 시간이 필요했던 것이다. 오늘 아침 산책길의 귤나무는 내게 '일과 쉼의 조화'를 가르쳐 주었다.

수류촌 밭담길

긴 설 연휴 동안에 즐겁게 먹고 편하게 쉬는 것은 결코 쉬운 일이 아니다. 그 정도 경지에 오르려면 최소한 전국 유명산에서의 특별한 수련이 뒷받침되어야 한다. 문득 이를 실천할 수 있는 한 가지 생각이 떠올랐다. 가족들이 깨어나기 전에 밭담 길을 따라 동네 한 바퀴를 크게 도는 것이다.

우선 목적지를 한림항 근처 바닷물과 민물이 만나는 염습지로 정했다. 철새들이 머물 수 있는 넓은 공간이 있고 비양도가 바로 코앞에 보이는 곳이다. 농로를 따라 대략 4km 정도니까 왕복하면 평소 걸음걸이로 두 시간이면 충분하다. 집이 중산간 초입에 있어 경사를 따라 내려갔다가 다시 올라오는 모양새라 아침 운동으로도 제격이었다.

집을 나선 후 조금 걷다 보면 '수류촌 밭담길'로 연결된다. 우리 동네가 예로부터 용천수가 풍부하게 솟아나서 수류

천촌(水流川村)이라 불리다 보니 지어진 이름이다. 지금도 작은 동네에 큰 상수원이 있고, 한라산 소주 공장도 바로 옆에 있다. 이 길은 개명물(용천수), 유명 사찰, 정수장, 명월진성으로 이어지고, 곳곳에 밭담 마스코트인 머들이 밝은 미소로 발길을 안내하고 있다.

검은색 현무암의 밭담은 여러 선형의 어울림과 더불어 고즈넉한 농촌의 정취를 풍기고 있다. 담 너머로는 양배추, 콜라비, 브로콜리가 제주만의 초록빛 겨울을 담고 있다. 일부는 벌써 수확을 끝내고 새로운 파종을 준비하고 있다. 간혹 나이 든 브로콜리의 노란 꽃이 밭둑의 산동채꽃과 어우러지는 것을 보면 봄이 멀지 않음을 알 수 있다.

지난해는 가까운 오름을 자주 찾았으나 오미크론이 기승을 부리면서 잠시 멈춘 상태였다. 마침 설 연휴로 자칫 게을러지기에 십상인 터에 동네의 좋은 길이 생각났던 것이다. 이미 삼일을 연속으로 이행했으니 작심삼일로 끝났던 새해 결의의 망령도 떨쳐낸 셈이다. 물이 맛있고 풍부했던 수류촌의 나지막한 밭담길을 걸으면서 새로운 아침을 맞이하는 것도 괜찮다는 생각이 들었다.

노꼬메오름 군

집에서 가까운 곳에 꽤 알려진 오름 군(群)이 있다. 궷물, 큰노꼬메, 족은노꼬메오름이 그들이다. 고유의 특징을 가진 오름들이 어우러져 있어 다양한 길과 풍광을 만들어낸다. 평소 즐겨 찾는 곳이지만 그곳에 갈 때마다 새로운 것을 배우고 온다.

큰노꼬메오름은 이 중에 가장 높아 한라산 남벽의 웅장함과 비양도의 수수함을 동시에 볼 수 있다. 발아래 보이는 낮은 오름들은 마치 광활한 평원 위의 피라미드나 왕릉을 연상케 한다. 큰바리메오름처럼 한 번 다녀왔던 곳은 더 정겹게 보인다. 정상에 오르면 모든 것이 좋아 보이지만 지친 몸을 기댈 나무나 쉴 만한 그늘이 없음을 알게 된다. 몸기운이 떨어지기 전에 서둘러 내려오곤 한다.

족은노꼬메오름은 용암류가 흐르면서 만들어낸 계곡을

보면서 걸을 수 있다. 며칠 전 정상에 가보니 재작년 겨울 스승님 부부가 오카리나로 합주하시던 등 굽은 나무가 보였다. 아쉬움을 달래던 맑은소리가 들리는 듯했다. 한참을 내려가서 상잣질을 따라 가면 주차장을 만나게 된다. 언젠가 길을 잘못 들어 집사람을 길가에 앉혀 놓고 몇 킬로를 달려와서 차를 끌고 갔던 곳이다. 오름에 다녀올 때마다 새로운 추억들이 하나둘 쌓이게 된다.

노꼬메오름 군(群)은 세 개의 오름이 서로 연결된 형세이다 보니 걷는 길도 서울의 남산만큼이나 다양하다. 티잉 그라운드의 위치나 방향만 바꿔 놓아도 홀이 다르게 보이는 것처럼 걷는 방향에 따라 완전히 딴판이다. 특히, 넓은 목초지의 경계용 돌담을 따라 형성된 상잣질은 더욱 그렇다. 길의 방향을 조금 바꾸면 또 다른 세상을 만날 수 있는 곳이다.

길가의 높지 않은 곳곳에 고사리밭이 있다. 한라산에는 토종식물들이 맥을 못 춘다는 소리가 들린다. 다름 아닌 외래종 조릿대가 온통 판치고 있기 때문이다. 여기는 그나마 고사리가 조릿대의 틈바구니에서 꿋꿋하게 제자리를 지키고 있다. 오랜 세월 이를 악물고 버티려다 보니 그 독성도 강해진 듯하다.

궷물오름을 포함해서 세 오름은 모두 말굽형 분석구로

정답게 어우러져 있다. 어느 길을 가나 고즈넉한 분위기와 수려한 풍광이 절묘하게 섞여 있는 이유다. 오름 정상의 전형적인 모습 외에 가끔 마주하는 농장, 잣성, 테우리(목동) 막사는 제주의 또 다른 목축문화를 보여준다. 노꼬메오름 군을 찾을 때마다 많은 것을 얻는다.

이삭줍기

최근 며칠 동안 거친 바람에 눈발까지 날리더니 동네 밭담 길의 풍광이 한가로워졌다. 거둔 농작물을 노랑 플라스틱 상자에 넣어 밭두렁으로 연신 내놓던 이전 모습과는 딴판이다. 일부 밭에는 아직 쓸 만한 작물이 남아 있는데도 트랙터로 갈아엎고 있다. 몇 개만이라도 주워 가고 싶은데 용기가 나질 않았다.

동서양을 막론하고 추수가 끝나면 들판에 나가 이삭을 줍는 것은 미풍양속이었다. 논밭의 주인은 일부러 이삭을 남기기도 하고 가난한 사람들은 이를 양식에 보태기도 했다. 어떻게 보면 부자의 너그러운 배려와 가난한 자의 간절함이 서로 교차하는 삶의 한 방식이었던 셈이다. 간혹 이삭의 양이 이를 줍는 사람에 비해 턱없이 모자라면 불편한 일도 생겼을 것이다.

너른 밭에는 거두고 남은 양배추, 브로콜리, 콜라비가 널브러져 있다. 눈으로 봐서는 상품 가치가 다소 떨어지지만, 집에서 먹는 데는 별 지장이 없어 보인다. 그렇다고 남의 밭에 불쑥 들어가 주워 나올 수도 없는 노릇이다. 양배추와 브로콜리야 길 건너 양 사장님 밭에서 얼마든지 얻어올 수 있지만 콜라비는 사 먹는 수밖에 없다.

문득 이웃 상대리에 사는 친구가 했던 말이 떠올랐다. 그냥 나누어주면 자칫 유통 질서에 영향을 줄 수 있기 때문이란다. 일례로 여러 식당에서 이런 식으로 가져간다면 해당 작물의 시장 가격이 떨어진다는 얘기였다. 아마도 이곳 사람들의 인심이 예전 같지 않다거나, 다들 먹고살 만해진 탓도 있지만 이런 이유가 더 컸던 것이다.

어릴 적 시골에서 이삭줍기는 즐겁고 신나는 일이었다. 간혹 감자, 고구마, 땅콩밭에서 횡재를 만나기도 했다. 이곳 제주에 거지가 없다고 하는 이유 중에 이삭줍기의 미덕이 한몫했으리라는 생각도 든다. 결국 물류체계의 변화가 이곳의 소박한 인심마저 흔들어놓은 것이다. 앞으로는 수확을 마친 밭마다 이런 팻말이 붙어 있었으면 좋겠다.

"양손으로 들 수 있을 만큼만 가져가세요. 주인 백"

천리향(千里香)

아내와 함께 가까이 있는 곶자왈 공원을 다녀왔다. 얼마 전 빨래방 사장님을 통해 알게 된 후 두 번째였다. 긴 숲길을 따라 각종 덩굴나무부터 집채만 한 종가시나무에 이르기까지 희귀한 식물들로 가득했다. 특히, 길 가장자리 그늘에 옹기종기 모여서 진한 향기를 내뿜는 제주 백서향나무에 눈길이 갔다.

곶자왈은 '곶'과 '자왈'의 합성어로 된 제주어다. 곶은 '숲'을, 자왈은 '나무와 덩굴 따위가 마구 엉클어져서 수풀같이 어수선하게 된 곳'을 뜻한다. 표준어로 '덤불'에 해당한다. 그 바닥은 화산활동 중에 분출된 용암류가 만들어 낸 불규칙한 암괴지대이다. 이런 척박한 땅에 숲이 우거지고 희귀한 생물이 살고 있으니 신의 저주와 축복을 동시에 받은 셈이다.

곶자왈의 좁다란 돌길을 걷다 보면 그늘지고 습한 곳에

자생하고 있는 백서향나무를 볼 수 있다. 꽃이 흰색이고 상서로운 향기가 난다는 뜻에서 지어진 이름이다. 향기가 천 리까지 전해질 만큼 진하다고 해서 '천리향(千里香)'이라 불리기도 한다. 이곳의 숨골 옆 작은 나무들도 겨우내 품고 있던 꽃향기를 서서히 숲길을 따라 내보내고 있었다.

우리 집에도 두 그루의 천리향이 있다. 꽃이 불그스름한 것으로 보아 서향나무인 듯하다. 군에 있을 때 가까이 모셨던 분이 입주 기념으로 보내주신 것이다. 일부는 이웃에 나누어 주고 나머지를 정원에 심었는데 대부분 첫 겨울을 넘기지 못했다. 지금은 정주석을 방패로, 소철나무 잎을 우산 삼아 고귀하고 절제된 자태를 뽐내고 있다.

'화향천리 인향만리(花香千里 人香萬里)'라는 말이 있다. 꽃은 그 향기가 천 리를 가고, 사람의 향은 만 리를 간다는 뜻이다. 군자의 덕을 듣고 만 리 밖의 사람들이 찾아온다고 하니 요즘 같은 시절에 절실한 말이다. 이른 봄날 나라의 큰일을 하루 앞두고 천리향을 바라보니 천 리는 둘째 치고 한 발짝도 미치지 못하는 나의 모자람을 깨닫게 된다.

새봄맞이

모처럼 늦잠을 잤다. 불을 켜지 않아도 거실이 이렇게 밝았던 적은 드물었다. 어제 전기차 리콜을 받으러 갔다가 진이 빠지기도 했지만, 봄기운에 몸이 나른해졌기 때문이다. 마침 오늘 한림 오일장이 열리는 날이기도 해서 대대적으로 새봄맞이를 하기로 마음먹었다.

오전에는 서부 소방서 충전소에 전기차를 연결한 후 수류촌 밭담길을 걸었다. 명월성, 황룡사, 한라산 소주 공장을 거쳐 한 바퀴 돌고 오는 데 무려 한 시간이 넘게 걸렸다. 옹포천을 따라 노란 유채꽃이 만발했고 징검다리 사이로 맑은 물이 모였다가 흩어지기를 반복하고 있었다. 동네 곳곳에서 봄은 우리를 기다리고 있었다.

집에 돌아오자마자 신발들을 다 꺼내서 봄볕에 말렸다. 지난 일 년 동안 반은 신고 반은 신지 않은 듯했다. 이른 점심을 먹고 아내와 집을 나섰다. 오일장에는 평소와 다르게 꽃나무와 채소 모종을 파는 좌판대가 눈에 띄게 늘었다. 우리는 상추, 대파, 능소화 그리고 엉덩이 작업 방석을 샀다. 상추와 대파는 작년에 특별한 기술 없이도 잘 키웠으니 만만했고, 작업 방석은 지금 쓰는 놈의 쿠션이 예전만 못해서였다.

능소화는 옛날에 양반집 마당에만 심었다고 해서 양반꽃이라 불리었다. 늦여름 이웃 국장님 댁을 지날 때마다 돌담을 따라 피어있는 주황색 꽃이 발걸음을 멈추게 했었다. 벽에 달라붙어서 자라는 놈이라 한 그루는 큰 워싱턴야자수 밑에, 나머지는 돌담 옆에 심었다. 꽃말이 '여성, 명예'라 하니 잘 키워서 '페미니스트 허즈밴드' 소리 한 번 들어볼 참이다.

집사람은 저녁으로 약밥을 준비했다. 내가 어려서부터 좋아한다는 것을 알고 결혼 후 35년 동안 고민하다가 드디어 동영상을 찾은 것이다. 생밤을 까는 내내 '밤 다듬기' 선수였던 셋째 형님이 그렇게 존경스러울 수가 없었다. 이 세상에 공짜 밥은 어디에도 없음을 또 한 번 깨닫게 되었다.

수류촌 밭담길에는 완연한 봄이 온 듯했다. 다소 늦은 감도 있었지만, 신발 말리기를 시작으로 능소화 심기까지 새봄맞이 준비를 모두 마쳤다. 달곰한 약밥을 나누면서 모레 오시는 귀한 손님을 생각하니 마음이 한결 가벼워졌다.

고사리 꺾기

오늘은 아내와 함께 가까이 있는 왕이메·괴수치·돔박이 오름을 다녀왔다. 초여름 날씨였지만 오름이 낮은 데다가 한군데 모여 있어 가능한 일이었다. 사람들이 많이 다니지 않은 듯 가시덤불이 길을 막아섰고 안내 리본마저도 길을 잃은 듯했다. 잠시 헤매는 중에 뜻하지 않은 행운을 만났다. 그 유명한 제주도 고사리를 발견한 것이다.

매년 이맘때면 중산간 지대의 오름 곳곳에는 햇고사리를 꺾는 사람들로 붐빈다. 이곳에 사는 사람들뿐만 아니라 육지에서 원정을 오기도 한다. 길을 가다 보면 양옆으로 대여섯 대의 차들이 바짝 붙어 있는 때도 있다. 물어볼 필요도 없다. 얼마 전 한 달 살기를 하신 분이 며느리에게도 알려주지 않는다는 포인트를 우리에게 일러준 적도 있었다.

첫 번째 오름의 정상쯤에서 길을 잃고 이리저리 헤매고

있었다. 하늘이 뻥 뚫린 곳에 이르러 뜻하지 않게 고사리밭을 발견했다. 얼마 전 이장된 것으로 보이는 묘지였다. 이미 핀 것도 있었지만 양지바른 곳의 잡풀 사이로 크고 작은 고사리들이 쭉쭉 뻗고 있었다. 사람들이 다니지 않는 곳이다 보니 그들도 안심하고 있었던 것이다.

짧은 시간에 제법 많은 양을 꺾었다. 그때부터 우리는 오름에 온 이유를 까맣게 잊었다. 길가에 숨어 있던 고사리가 눈에 들어오기 시작했고 얼마 가지 않아 제대로 된 고사리밭을 발견했다. 작은 억새 사이로 쓸 만한 고사리들 천지였다. 한마디로 물 반, 고기 반일 정도였다. 아내는 "뱀을 조심하라!"라는 나의 말을 거의 건성으로 듣는 듯했다.

오름을 모두 돌고 내려오는 길에 미처 보지 못했던 놈들도 마저 챙겨왔다. 집에 오자마자 반을 나누어 길 건너 양 사장님 댁에 갖다 드렸다. 잠시 후 사모님은 삶으면 얼마 되지 않는다며 양파 한 봉지와 함께 다시 들고 오셨다. 사실은 제주 고사리에 독성이 있다고 하니 삶는 법을 가르쳐 주기 위해 오셨던 것이다. 가지가 굵고 줄기와 머리에 잔 솜털이 많은 것이 좋다며 베테랑다운 조언도 빼놓지 않으셨다.

고사리는 전국 어디를 가나 우리의 옛 삶과 깊은 관계가 있다. 이곳 사람들은 제사상에 올리려고 고사리를 꺾어다가

옥돔과 함께 마당이나 지붕에 말렸다고 한다. 고사리는 양지바른 곳에서 잡풀과 함께 잘 자란다. 물론 사람들의 발길이 닿지 않은 곳에 가야 많이 있다. 그렇다고 가시덤불이 있는 험지로 가다 보면 길을 잃거나 뱀에 물리기에 십상이다.

제주 고사리는 주인이 따로 없다고 하니 따뜻한 봄날에 얼큰한 육개장이 생각나면 숨겨 놓은 고사리밭을 찾아보려 한다. 오늘의 행운을 얻으려고 지난밤에 좋은 꿈을 꾸었나 보다.

까치둥지

정원 한편에 지붕 높이의 워싱턴야자수가 있다. 그 나무가 하는 일이라곤 바람이 부는 대로 긴 머리카락을 이리저리 흔드는 것이 전부다. 얼마 전부터 까치가 드나들기 시작하더니 분위기가 바뀌었다. 곧은 기둥의 맨 위로 몇 개의 나무 창살이 보였다. 까치가 둥지를 치고 있었다.

사실은 며칠 전부터 비슷한 길이의 마른 나뭇가지들이 야자수 주위에 흩어져 있었다. 집사람은 도대체 누가 이런 짓을 했느냐면서 일일이 주워 모았다. 아무리 둘러봐도 의심 가는 데는 없고 까치 소리만 가끔 들렸다. "혹시 까치가 물고 온 것이 아닐까?"라고 말했더니 아내는 말도 안 되는 소리라며 일축했다. 나도 엉겁결에 지껄인 말이었다.

요즘은 전과 다르게 잔 나뭇가지 말고도 철사줄도 보인다. 그것들이 잔디 위에 서로 엉켜있다 보니 마치 공사 현장 같은 분위기다. 집이 거의 완성되어가는지 근처로 지나가는 시늉만 내도 요란스럽게 울어댄다. 그동안 멀리까지 날아가 애써 가져온 것을 몽땅 치웠으니 우리 얼굴을 기억할 만도 했다. 그렇다고 담 너머로 던져 버린 것을 다시 가져올 수도 없는 노릇이었다.

우리 집에 새집이 발견된 것은 이번이 세 번째다. 첫 번째는 현관 위에 제비가 우리보다 먼저 입주했던 일이고, 두 번째는 작년에 텃밭의 포도나무에 이름도 모르는 새가 집을 짓고 알을 세 개나 낳았던 경우다. 이번이 세 번째로 까치가 눈에 잘 띄는 나무나 전신주가 아닌 야자수 꼭대기에 집을 짓고 있는 것이다.

까치는 알아주는 텃새라서 한 번 둥지를 틀면 좀처럼 떠나지 않는 습성이 있다. 그래서 전망이 좋은 야자수를 골랐고, 비양도 방향의 거친 북서풍을 알기에 철사줄도 마련한 듯했다. 예로부터 우리 조상들은 까치 소리를 길조라 여겨 왔다. 이곳에 머무는 사람들이 아침마다 까치 소리에 소망을 담고 기분 좋은 하루를 시작했으면 좋겠다.

석양의 노을

오늘 오후 늦게 한림작은영화관에서 〈범죄도시 2〉를 보고 나왔다. 영화 분위기와는 사뭇 다르게 석양에 붉게 물든 노을이 차창 위를 비추고 있었다. 나는 한 걸음이라도 더 가까이 볼 수 있는 곳으로 차를 몰았다. 평소 알아둔 지름길을 통과해서 한림항 방파제 입구에 도착했다. 해는 서서히 몸을 낮추고 있었다.

나는 아내의 발걸음에 아랑곳하지 않고 긴 방파제를 따라 걸었다. 중간중간 낚싯대가 묶인 자전거들이 세워져 있었고 가끔 낚시꾼들의 머리도 보였다. 얼마를 지났을까, 멀리 보이던 등대가 눈앞에 나타나면서 해가 수평선에 닿았다. 나는 걸음을 멈추고 가쁜 숨을 고르면서 사진을 찍어댔다.

나는 평소 집에서 저녁노을을 즐기곤 한다. 이웃 과수원의 방풍 나무들이 다소 시야를 가리고 있지만 그 황홀함을 느끼기에는 부족함이 없었다. 해는 늘 비양도를 넘어가면서 어둠을 몰고 왔다. 오늘 가까이 와서 보니 섬을 지나쳐 먼 수평선으로 가라앉고 있었다. 더디게 어두워지는 이유를 이제야 알 듯했다.

나는 3년 전 많은 것을 정리하고 제주로 내려왔다. 아내의 강력한 의지가 있었지만 쉽지 않은 결정이었다. 살다 보니 한림은 태양이 뜨겁게 솟아오르는 아침보다 우아하게 저무는 저녁이 더 아름다운 곳이었다. 태양은 늘 오늘 흘린 땀을 씻어주고 또다시 떠올랐다. 붉게 달구어진 몸을 바다에 식히는 것은 희망을 품은 몸짓이었음을 알게 되었다.

고무줄 새총

누군가 부엌 쪽 외벽에 제법 큰 흠집을 내놓았다. 심증은 가지만 물증이 없는 터라 땜질용 실리콘을 사러 읍내 철물점에 들렀다. 엉뚱하게도 고무줄 새총이 눈에 들어왔다. 거의 50년 만에 만져 보는 감동이었다. 갑자기 손봐야 할 놈들이 생각났다. 손잡이가 반질반질하고 고무줄이 튼튼한 것으로 골랐다.

어려서 시골에 살 때, 작은형은 썰매, 스케이트 외에도 새총을 곧잘 만들어주셨다. 새총에는 여러 종류가 있지만 주로 고무줄 새총이었다. 양다리 모양의 나뭇가지를 구해서 노란 통 고무줄 또는 검은 판 고무줄을 단단히 묶은 것이었다. 아무래도 속으로 구멍이 난 통 고무줄이 탄력이 더 있었고 보기도 좋았다.

당시 총알로는 작은 돌멩이를 사용했다. 유리구슬이 제

격이었지만 귀해서 엄두를 내지 못했다. 나는 쏘기 연습한 것에 비해 실력은 신통치 않았다. 간혹 동네마다 알아주는 명사수가 있었는데 그들 또한 가까운 고정 물표를 맞추는 정도였다. 가끔 남의 집 장독을 깼다는 얘기는 들어 봤어도 새를 직접 잡았다는 사람은 보기 드물었다.

사실 새총은 과거 화전민들이 산비둘기를 쫓던 도구였다. 험한 땅을 일궈서 애써 심은 콩에 새싹이 나자마자 새들이 따먹었던 것이다. 다행히 조심성이 많은 놈들이라 돌멩이가 주위에 떨어지면 그 소리에 놀라 도망가는 습성이 있었다. 한눈파는 사이 일어나는 일이라 매번 밭까지 달려갈 수 없는 노릇이었다. 그래서 아이디어를 냈던 것이다.

시골을 떠난 이후 새총을 만져보진 못했지만, 간간히 뉴스를 통해 들었다. 촛불시위 중에 어떤 사람이 새총으로 경찰을 향해 쇠구슬을 쐈다거나, 어디선가는 볼트·너트를 총알로 사용했다는 내용이었다. 최초의 목적과는 다르게 잘못 사용된 것이다. 우연히 고무줄 새총이 낚싯밥을 던지는 데 쓰인다는 사실도 알게 되었다.

새총을 산 이유는 텃밭의 열매를 따 먹는 비둘기나 블루베리를 호시탐탐 노리는 잿빛 새를 쫓기 위해서였다. 군에서 미사일·함포를 쏘던 실력은 별 도움이 되지 않았지만, 정확도와 위력은 그전보다 한층 나아진 듯했다. 은폐 효과와 유효사거리를 고려해서 작은 돌멩이 한 통과 함께 2층 테라스에 갖다 놓았다. 이제는 눈이 예전 같지 않아서 남의 집 창문을 깨지나 않을까 걱정이다.

완주의 마법

낯선 땅에 제대로 뿌리를 내리기 위해서는 이곳의 삶에 깊이 공감하고 가까이서 이해하려고 노력하는 자세가 필요하다. 이를 위해 몇 개의 목표를 정하여 실천하기로 마음먹었다. 우선 완주라는 것에 마법을 걸을 수 있는 도전을 시작하였다.

많은 사람은 '정복, 완주'의 꿈을 꾼다. 무슨 일을 시작하려면 우선 동기부여가 필요하다. 완주 증명서가 이런 역할을 대신하기도 한다. 이는 사람들에게 새로운 도전에 대한 동기를 부여하면서도, 성공하기가 녹록지 않다는 의미를 그럴듯하게 담고 있다. 나의 경우는 순발력보다는 지구력에 가까운 성격이라 시작만 하면 완주 성공률은 높은 편이다.

재작년 가을에 한라산을 등정한 적이 있다. 한라산은 명산으로 계절, 날씨에 따라 변수가 많고 지금은 사전에 허가받아야 하므로 오르기가 만만치 않다. 다행히 그날은 날씨가 쾌

청하여 성판악 경로로 2시간 조금 넘게 걸려 정상에 도착했다. 백록담에 물은 없었지만 화려하고 신비한 경관은 최고의 걸작이었다. 내려오는 길에 관리소에서 받아 본 한라산 등정 인증서는 우등상장 이상이었다.

이곳으로 이사 온 이후 아내와 함께 올레 완주에 나섰다. 올레는 26개 코스로 전체 거리가 425km나 된다. 우리 집에서 가장 가까운 올레부터 가장 먼 추자도 올레를 다녀오기까지 무려 1년이 넘게 걸렸다. 시작점, 중간지점, 종점에 비치된 스탬프가 완주를 독려하는 마법으로 작용했기에 가능한 일이었다. 올레 팸플릿에 빼곡히 채워지는 스탬프 문양은 '참 잘했어요!' 이상으로 발걸음을 가볍게 해주었다.

지난여름에는 난생 한 번도 경험해보지 못한 철인경기에 도전했다. 수영, 사이클, 마라톤의 세 종목을 연이어 실시하는 철인 3종 경기가 아니라 하루에 3라운드(54홀)를 소화하는 철인골프였다. 시간이 오래 걸리는 관계로 한여름 새벽 벽두부터 여러 홀에서 동시에 출발하는 숏건(shot gun) 방식으로 진행되었다. 폭염이 기승을 부리고 자주 치지 않아 부담이 되었지만, 동반자들의 남다른 배려로 완주할 수 있었다. 내 이름이 새겨진 완주 기념 증명서와 기념패를 받으니, 마치 무슨 대단한 일을 한 것처럼 느껴졌다.

나는 현재 완주 증명서를 주지 않는 새로운 도전을 진행하고 있다. 아내와 함께 모든 오름을 오르는 일이다. 제주의 오름은 1998년 기준으로 368개로 알려져 있다. 그 후 새로운 화산이 폭발했다는 뉴스를 듣지 못했으니 그 수는 변함이 없을 것이다. 지금까지 한라산을 포함하여 제법 이름난 60여 개의 오름을 다녀왔다. 아직 나머지 300여 개가 기다리고 있는 셈이다.

한라산 등정, 올레 완주, 철인골프 완주는 새로운 고향을 만들기 위한 대장정 중의 일부였다. 이는 내가 살아가야 할 곳을 조금씩 알아가는 소중한 기회이기도 했다. 특히 오름과 올레는 자연과 인간의 어울림이 가장 돋보이는 곳이었다. 그곳에 갈 때면 늘 깊은 설렘과 평안을 얻었고, 소금기 머금은 바람의 향기를 맡을 수 있었다. 앞으로는 진정한 오름꾼, 올레꾼이 되어 낯선 오름과 사계절의 올레를 걸어보려 한다. 걷다가 지치면 마음속 완주 증명서에 마법을 걸고 자연의 바람길에 몸을 맡기려 한다.

간세의 삶을 그리다

초판 1쇄 발행 | 2022년 10월 10일

지은이 | 신정호
편집인 | 이용헌
펴낸이 | 윤용철
펴낸곳 | 소울앤북
주 소 | 경기도 파주시 회동길 325-22, 3층
편집실 | 서울특별시 중구 삼일대로 6길 15, 3층
전 화 | 02-2265-2950
이메일 | poemnpoem@gmail.com
등 록 | 2014년 3월 7일 제4006-2014-000088

ISBN 979-11-91697-10-0 03810